PENGUIN EDITION

**Große Emotionen, große Dramen, große Abenteuer – von Austen bis Fitzgerald, von Flaubert bis Zweig. Ein Bücherregal ohne Klassiker ist wie eine Welt ohne Farbe.**

August Strindberg (1849–1912) wurde in Stockholm geboren und verbrachte lange Jahre in Paris und Berlin. Er studierte zunächst Philosophie, Literatur- und Kunstgeschichte, später beschäftigte er sich mit Chemie und Okkultismus. In Deutschland ist er vor allem für seine dramatischen Werke bekannt. Seine scharfe, häufig auch polemische Sozialkritik machte ihn zum wichtigsten Publizisten im Schweden der Jahrhundertwende.

«Ich lese ihn nicht, um ihn zu lesen, sondern um an seiner Brust zu liegen [...] Der ungeheure Strindberg. Diese Wut, diese im Faustkampf erworbenen Seiten.»
*Franz Kafka*

«Der schwedische Seelenforscher schrieb ohne Rücksicht auf moralische Tabus und gesellschaftliche Konventionen. Ohne August Strindberg wäre die gesamte literarische Moderne ärmer an Themen, ärmer an Ambivalenzen.»
*Jan-Frederic Nyström*

August Strindberg

# EIN PUPPENHEIM

Erzählungen

Aus dem Schwedischen übersetzt
und mit einem Nachwort von
Helen Oplatka-Steinlin

PENGUIN VERLAG

Die Originalausgabe der titelgebenden Erzählung erschien 1884 unter dem Titel «Ett dockhem» in einer Erzählsammlung.



FSC www.fsc.org MIX Papier | Fördert gute Waldnutzung FSC® C014496

Klimaneutral* Druckprodukt ClimatePartner.com/14044-1912-1001

Penguin Random House Verlagsgruppe FSC® N001967

1. Auflage 2023

Umschlaggestaltung: Regg Media in Adaption der traditionellen
Penguin Classics Triband-Optik aus England
Satz: Greiner & Reichel GmbH, Köln
Druck und Bindung: GGP Media GmbH, Pößneck
Printed in Germany
ISBN 978-3-328-10981-5
www.penguin-verlag.de

## Ein Puppenheim

Seit sechs Jahren waren sie verheiratet, aber sie sahen wie Verlobte aus. Er war Kapitän bei der Flotte und jeden Sommer ein paar Monate auf See. Zweimal hatte er eine große Expedition gemacht; die kleinen Fahrten taten ihm gut. Hatten sich während des winterlichen Stillesitzens Anzeichen von Muffigkeit angekündigt, so frischte die Sommerfahrt seine Laune wieder auf. Die erste Sommerreise aber war schwer! Da schrieb er seiner Gattin richtige Liebesbriefe, und er traf keinen einzigen Segler draußen auf dem Meer, ohne nicht gleich «Post» zu signalisieren. Und als er schließlich bei der Schärenküste wieder auf schwedisches Land stieß, wusste er nicht, wie er es anstellen sollte, um sie so schnell wie möglich wiederzusehen. Sie aber wusste es wohl. Bei Landsort erhielt er ein Telegramm, dass sie ihm nach Dalarö entgegenkomme. Und als sie dann bei Jutholm vor Anker gingen und er auf der Terrasse des Gasthofs ein kleines blaues Taschentuch entdeckte, da war ihm klar, dass sie es war. Aber an Bord war noch so viel zu erledigen, dass es Abend wurde, bevor er an Land gehen konnte. Als er dann endlich mit dem Ruderboot ankam, der vorderste Ruderer bei der Landebrücke den Stoß auffing und er sie auf dem Steg erblickte – gleich jung, gleich schön, gleich frisch wie immer –, da war ihm, er erlebe seine Flitterwochen noch einmal. Und als sie in den Gasthof hinaufkamen – welch ein schönes Souper hatte sie da zu arrangieren verstanden in den zwei kleinen Zimmern, die sie bestellt hatte! Wie viel sie einander zu erzählen hatten – von der Reise, den Kleinen und der Zukunft! Der Wein funkelte, die Küsse schmatzten, und dann hörte man vom Wasser her den Zapfenstreich. Aber das störte ihn nicht; er würde nicht vor ein Uhr gehen.

Wie? Er würde gehen? – Natürlich, er müsse an Bord übernachten, aber wenn er zur Weckzeit zurück sei, so genüge es. – Wann denn Weckzeit sei? – Um fünf! – Pfui, so früh! – Aber wo sie denn diese Nacht schlafen werde? – Das brauche er nicht zu wissen! – Er ahnte es aber und wollte sich den Ort gleich ansehen, doch sie stellte sich vor die Tür! Er küsste sie, nahm sie wie ein Kind auf den Arm und öffnete dann die Tür. – Oh, was für ein großes Bett! Wie die große Barkasse! Wo sie denn dieses Ding herbekommen habe. – Gott, wie sie errötete! Aber sie hatte doch seine Briefe so verstanden, dass sie im Gasthof «wohnen» würden. – Gewiss würden sie hier wohnen, wenngleich er zur Weckzeit an Bord zu sein habe; dieses verd… Morgengebet, das konnte ihm gestohlen werden. – Hu, wie er bloß rede!

«Nun wollen wir Kaffee haben und ein Feuerchen, denn die Leintücher fühlen sich feucht an!»

Was für ein kleiner verständiger Schelm sie doch war, ein so großes Bett besorgt zu haben! Wie sie sich das bloß beschafft habe. – Sie habe es doch nicht «beschafft»! – Nein, das glaube er gern. Und wie er das glaube! – Wie dumm er doch sei! – Er? Dumm? – Und dann umarmte er sie. – Nein, er solle doch artig sein! – Artig, das sei leicht gesagt.

«Da kommt das Mädchen mit dem Holz!»

Als die Glocke zwei Uhr schlug und es im Osten über den Schären und dem Wasser rot zu glühen begann, saßen sie am offenen Fenster. Es war, als sei sie seine Geliebte und er ihr Geliebter. War es nicht so? Und jetzt sollte er sie verlassen! Aber um zehn Uhr, zum Frühstück, würde er wiederkehren, und nachher wollten sie segeln. Da setzte er auf seinem Reisekocher Kaffee auf, und sie tranken Kaffee zum Sonnenaufgang und zum Gekreische der Möwen. Draußen auf dem Wasser lag das Kanonenboot, und von Zeit zu Zeit sah er den Säbel der Bugwache aufblitzen. Die Trennung war schwer, aber es war gut zu wissen, dass man sich so bald wiedersehen würde. Und dann küsste er sie zum letzten Mal, schnallte den Säbel um und ging. Als er zur Brücke hinunterkam und «Boot ahoi» rief, da versteckte sie sich hinter den Gardinen, als schämte sie sich. Er aber warf ihr mit beiden

Händen Küsse zu, bis die Matrosen mit dem Boot ankamen. Dann ein letztes «Schlaf gut und träum von mir», und als er sich mitten auf dem Wasser umwandte und das Fernrohr vor die Augen setzte, erblickte er in der Kammer eine kleine weiße Gestalt mit schwarzem Haar; die Sonne schien auf ihr Hemd und ihre bloßen Schultern: Sie sah aus wie eine Seejungfrau!

Und dann wurde zur Tagwache geblasen. Die langen Töne des Signalhorns rollten zwischen grünen Inseln hinaus über das blanke Wasser und kamen hinter den Nadelwäldern auf Umwegen wieder zurück. Und ebenso «Alle Mann an Deck» und das «Vaterunser» und «Jesus, lass mich stets beginnen». Der kleine Glockenturm auf Dalarö antwortete mit einem kurzen Läuten, denn es war Sonntagmorgen. Und nun kamen in der Morgenbrise die Kutter angefahren, Flaggen flatterten, Schüsse knallten, helle Sommerkleider leuchteten auf der Zollbrücke, das Dampfboot mit der roten Wasserlinie kam von Utö herein, die Fischer zogen ihre Netze ein, und die Sonne strahlte auf das leicht gewellte blaue Wasser und über das grünende Land.

Um zehn Uhr legte das Boot ab und fuhr mit sechs Mann an den Rudern auf das Land zu. Und dann hatten sie sich wieder. Als sie im großen Speisesaal frühstückten, flüsterten die anderen Gäste untereinander: «Ist das seine Frau?» Er sprach halblaut wie ein Liebhaber, und sie schlug die Augen nieder und lachte oder gab ihm mit der Serviette eins auf die Finger.

Das Boot lag bei der Brücke bereit, und *sie* sollte sich an die Ruder setzen. Er wollte sich um das Focksegel kümmern. Aber er konnte seine Augen nicht abwenden von ihrer hellen, leicht gekleideten Gestalt mit der hohen festen Brust, dem kleinen entschlossenen Gesicht und dem sicheren Blick, der den Wind beobachtete, während die Hand im Wildlederhandschuh die große Schote hielt. Er wollte nur immer plaudern und nahm es beim Wenden nicht so genau. Da erhielt er einen Verweis wie ein Schiffsjunge, und das belustigte ihn unendlich.

«Warum hast du nicht die Kleine mitgebracht?», sagte er, um sie zu reizen.

«Wohin hätte ich sie denn legen sollen, was meinst du?»

«In die große Barkasse natürlich!»

Und darauf lachte sie, und er fand es herrlich, sie auf diese Weise lachen zu sehen.

«Na, und was sagte denn die Wirtin heute Morgen?», fuhr er fort.

«Was hätte sie sagen sollen?»

«Fand sie, sie habe diese Nacht ruhig geschlafen?»

«Und warum hätte sie nicht ruhig schlafen sollen?»

«Woher soll ich das wissen. Aber es hätten ja etwa Ratten an den Dielen nagen oder ein altes Dachfenster hätte knarren können; man kann ja nicht wissen, was den leichten Schlaf eines alten Fräuleins beunruhigt.»

«Wenn du nicht gleich still bist, mache ich die Schote fest und werfe dich ins Wasser!»

Sie landeten bei einer Insel und nahmen einen Mittagstrunk aus einem kleinen Korb; und darauf schossen sie mit dem Revolver auf eine Scheibe. Dann legten sie Angeln aus und gaben vor zu fischen, aber kein Fisch biss an, sodass sie weitersegelten, hinaus in die Fjorde, wo die Eiderenten strichen, hinein in den Sund, wo die Hechte im Schilf sprangen, und dann wieder heraus; und er wurde es nie satt, sie anzuschauen, mit ihr zu plaudern und sie zu küssen, wenn er in ihre Nähe kam.

So trafen sie sich sechs Sommer lang auf Dalarö; immer waren sie gleich jung und gleich ausgelassen, und sie waren glücklich.

Im Winter saßen sie jeweilen auf Skeppsholm in seiner kleinen Kajüte. Dann bastelte er an Booten für seine Jungen oder unterhielt sie mit Abenteuern aus China und von den Südseeinseln, und seine Frau saß dabei, hörte zu und musste über seine tollen Geschichten lachen. Es war ein entzückender, mit nichts anderem zu vergleichender Raum. Japanische Sonnenschirme und Rüstungen waren aufgehängt, ostindische Miniaturpagoden, australische Pfeilbogen und Lanzen, Negertrommeln und getrocknete fliegende Fische, Zuckerrohr und Opiumpfeifen. Und Papa, dessen Haar sich langsam zu lichten begann, ging immer noch nicht gerne von seinem Zuhause weg. Zuweilen machte er ein Brettspiel mit dem Gerichtsrat, und manchmal spielte man eine Partie Vira[1] und genehmigte sich einen ordentlichen Grog dazu.

Früher hatte die Frau auch mitgespielt, aber seitdem sie die vier Kinder hatten, fand sie die Zeit dazu nicht mehr; doch sie saß gern ein Weilchen dabei und guckte in die Karten, und wenn sie an Papas Stuhl vorbeikam, umfasste er sie und fragte sie, ob er seine lumpigen Karten ausspielen solle.

Die Korvette sollte wieder einmal auslaufen und sechs Monate wegbleiben. Dem Kapitän war es schrecklich, denn die Kinder waren schon groß, und der Mama wurde es etwas schwer, dem ganzen weitläufigen Haushalts-Ministerium vorzustehen. Der Kapitän war auch nicht mehr so jung und unternehmungslustig wie früher, aber – es musste sein, und so reiste er. Bei Kronborg schickte er schon seinen ersten Brief ab, der den folgenden Wortlaut hatte:

Mein geliebtes kleines Wundermädchen!
Wind schwach. SSO, plus 10 °C. 6 Halbstunden auf der Freiwache. Ich kann Dir nicht beschreiben, wie

fern von Dir ich mich auf dieser Reise fühle. Als wir den Wurfanker vor Kastellholm einholten (6 Uhr 30 nachmittags bei starkem NNO), war es mir, wie wenn sie mir einen Pflock in den Brustkorb gesteckt hätten, und ich fühlte mich genau, wie wenn man mir die Kette durch beide Ohrgänge zöge. Man sagt, Seeleute hätten ein Vorgefühl für Unglücksfälle. Davon weiß ich nichts, aber bevor ich nicht Deinen ersten Brief bekomme, bin ich ganz unruhig! An Bord ist nichts passiert, aus dem einfachen Grund, weil nichts passieren darf. Wie geht es Euch zu Hause? Hat Bob seine neuen Stiefel schon bekommen? Wie passen sie? Ich bin ein schlechter Briefschreiber, wie Du weißt, und schließe jetzt! Mit einem großen Kuss mitten auf dieses Kreuz hier

Dein alter Pall

PS: Du solltest Dir ein wenig Gesellschaft suchen (weibliche natürlich). Und vergiss nicht, das Fräulein auf Dalarö zu bitten, die große Barkasse gut instand zu halten, bis ich nach Hause komme! (Der Wind nimmt zu; auf die Nacht hin haben wir ihn aus Norden!)

Vor Portsmouth erhielt der Kapitän den folgenden Brief von seiner Frau:

Lieber alter Pall!
Hier ist es schrecklich ohne Dich, Du kannst es mir glauben! Und schwer ist es gewesen, denn Alice hat nun ihren Zahn bekommen; der Doktor hat gesagt, das sei ungewöhnlich früh, und es bedeute (tja, das darfst Du nicht wissen!). Bobs Stiefel passen ausgezeichnet, und er ist sehr stolz darauf. – Du hast in Deinem Brief gesagt, ich solle mir weibliche Bekanntschaft suchen. Das habe ich schon getan, oder besser gesagt, sie suchte mich. Sie heißt Ottilia Sandegren und war auf dem Seminar. Sie ist sehr ernsthaft; Pall braucht also keine Angst zu haben, dass sie seine Wunderfrau auf Abwege führt. Außerdem ist sie auch religiös. Ja, ja, wir könnten es auch vertragen, wenn es jeder von uns mit der Religion etwas genauer nähme. Sie ist, mit einem Wort, ein außerordentlicher Mensch. Und nun schließe ich für diesmal, denn Ottilia kommt und holt mich ab. Sie ist gerade angekommen und bittet, Dich unbekannterweise zu grüßen!

Ganz Deine Gurli

Dem Kapitän gefiel dieser Brief nicht! Er war zu kurz und nicht so munter wie gewöhnlich. – Seminar, religiös, ernsthaft – und Ottilia. Zweimal Ottilia! Und dann auch «Gurli»! Warum nicht «Gullan» wie früher! Hm!

Acht Tage später, vor Bordeaux, erhielt er einen neuen Brief und dazu ein Buch unter Kreuzband.

«Lieber Wilhelm!» – Hm, Wilhelm! Nicht mehr Pall! – «Das Leben ist ein Kampf vom …» – Was zum Teufel? Was haben wir mit dem Leben zu tun! – «… vom Anfang bis zum Ende! Ruhig wie ein Bach in Kidron …» – Kidron! Das ist ja doch die Bibel![2] – «… ist unser Leben dahingeflossen. Wie Schlafwandler sind wir über Abgründe gegangen, ohne sie zu sehen!» – Seminar, Seminar! – «Aber so kommt das Ethische» – Ethische! Ablativus! Hm, hm! – «und macht sich geltend in seinen höheren Potenzen!» – Potenzen? – «Da ich nun aus unserem langen Schlaf erwache und mich selber frage: ‹Ist unsere Ehe eine rechte Ehe gewesen?›, so muss ich mit Schuld und Scham bekennen, dass sie das nicht gewesen ist! Die Liebe ist himmlischen Ursprungs (Matth. XI, 22 ff.)[3].» – Der Kapitän musste aufstehen und sich ein Glas Wasser mit Rum einschenken, bevor er weiterlas. «Wie irdisch, wie sinnlich ist doch die unsrige gewesen. Haben unsere Seelen in jener Harmonie gelebt, von der Platon spricht (Phaidon, Buch VI, Kap. II, § 9)[4]? Nein müssen wir zur Antwort geben! Was bin ich für Dich gewesen? Deine Haushälterin und – o Schande! – Deine Geliebte! Haben unsere Seelen einander verstanden? Nein müssen wir zur Antwort geben!» – Zu allen Millionen Teufeln und Ottilien und allen

Satansseminaren! Ist sie meine Haushälterin gewesen? Sie ist meine Gattin gewesen und die Mutter meiner Kinder! – «Lies das Buch, das ich Dir sende! Es wird Dir Antwort auf alle diese Fragen geben. Es hat ausgesprochen, was durch Jahrhunderte hindurch im Herzensgrund aller Frauen versteckt blieb! Lies es und sag mir dann, ob unsere Ehe eine rechte Ehe gewesen ist! Das bittet auf ihren Knien Deine Gurli.»

Das war also seine böse Vorahnung gewesen! Der Kapitän war ganz außer sich, und er konnte nicht verstehen, was mit seiner Gattin geschehen war! Das war viel schlimmer als alles fromme Getue!

Er riss das Kreuzband auf und las auf dem Umschlag eines gehefteten Buchs: «Ein Puppenheim. Von Henrik Ibsen.»[5] Ein Puppenheim! Ja! Und was noch! Sein Heim hatte einem kleinen, feinen Puppenhaus geglichen, und seine kleine Frau war sein Püppchen, und er war ihre große Puppe. Wie im Spiel waren sie zusammen den steinigen Schotterweg des Lebens gegangen, und sie waren glücklich gewesen! Was fehlte ihnen denn? Welches Unrecht hatten sie denn begangen? Er musste nachsehen, da es ja in diesem Buche zu lesen war.

Nach drei Stunden hatte er die Lektüre beendet. Sein Verstand stand fast still. Was ging all das ihn und seine Frau an! Hatten sie etwa Wechsel gefälscht? Nein! Hatten sie sich etwa nicht geliebt? Doch! – Er schloss sich in seiner Kajüte ein und las das Buch ein zweites Mal; er strich mit Blau- und Rotstift Stellen an, und als der Morgen nahte, setzte er sich hin, um seiner Frau zu schreiben. Er schrieb:

Ein wohlgemeinter kleiner Ablativus über das Stück «Ein Puppenheim», zusammengeschustert vom alten Pall an Bord der «Vanadis» im Atlantischen Ozean, vor Bordeaux (lat. 45°, long. 16°)[6].

§ 1 Sie hatte ihn geheiratet, weil er sie liebte, und daran tat sie verdammt recht, denn hätte sie gewartet, bis derjenige gekommen wäre, den *sie* liebte, so hätte der Kasus eintreten können, dass *er* sie nicht geliebt hätte, und da hätte sie den Leibhaftigen am Röstkausch[7] gesehen, denn dass beide Teile bis über beide Ohren ineinander verliebt sind, ist ein Fall, der äußerst selten eintritt.

§ 2 Sie fälscht einen Wechsel. Das war dumm; aber sie soll nicht sagen, sie habe es nur für ihren Mann getan, denn sie hat ihn ja nie geliebt; wenn sie sagen würde, es sei für sie beide gewesen und für das Kind, spräche sie die Wahrheit! Ist das klar?

§ 3 Dass er sie nach dem Ball lieben will, zeigt nur, dass er sie gern hat, und das ist kein Fehler von ihm; aber dass es im Theaterstück gezeigt wird, ist ein Fehler. *Il y a des choses qui se font mais qui ne se disent pas,*[8] hat, glaube ich, ein Franzose gesagt. Im Übrigen hätte der

Verfasser, um gerecht zu sein, auch den umgekehrten Fall zeigen müssen: *La petite chienne veut, mais le grand chien ne veut pas,*[9] sagt Ollendorff. (Vergleiche die Barkasse auf Dalarö!)

§ 4 Dass sie im Moment, wo sie bemerkt, dass der Mann ein Esel ist – und das ist er, da er ihr verzeihen will, weil der schlechte Streich nicht entdeckt worden ist –, die Kinder verlassen will, «weil sie nicht wert ist, sie großzuziehen», ist eine wenig scharfsinnige Koketterie. Wenn sie schon eine Kuh gewesen ist (denn man wird wohl auf dem Seminarium nicht lernen, es sei erlaubt, Wechsel zu fälschen) und er ein Ochs, so müssten sie von nun an gut zusammenpassen. Zum allerwenigsten sollte sie die Erziehung ihrer Kinder einem solchen Gockel, den sie verachtet, überlassen.

§ 5 Nora hat noch mehr Grund, bei den Kindern zu bleiben, wie sie zu sehen bekommt, was für ein Vieh ihr Mann ist.

§ 6 Dass ihr Mann sie nicht früher nach ihrem wahren Wert eingeschätzt hat, dafür kann er nichts, denn ihren wirklichen Wert erlangte sie ja erst mit ihrem Kunststückchen.

§ 7 Nora war früher eine dumme Gans; das bestreitet sie selber nicht.

§ 8 Es liegen alle Garantien dafür vor, dass die beiden in Zukunft den Karren gleichmäßiger ziehen werden: *Er* hat seine Schuld erkannt und will sich bessern, und *sie* auch! *Bon!* Da, meine Pfote, und beginnen wir von vorn! Gleich und gleich gesellt sich gern! Gehauen wie gestochen. Du warst eine Kuh, und ich habe mich aufgeführt wie ein Rindvieh! Du, meine kleine Nora, warst schlecht erzogen, ich altes Aas hatte es nicht besser gelernt. Beklagen wir uns beide! Werfen wir faule Eier nach unseren Erziehern, aber schlage nicht mir allein den Schädel ein. Ich bin, obschon ich ein Mann bin, ebenso unschuldig wie du! Vielleicht noch etwas unschuldiger, denn ich habe dich aus Liebe geheiratet, du aber nur ums liebe Geld. Deshalb: Lass uns Freunde sein und gemeinsam unseren Kindern etwas von der teuren Lehre beibringen, die das Leben uns beschert hat!

Ist das klar? *All right!* – Selbiges hat der Käpt'n Pall geschrieben mit seinen steifen Fingern und seinem trägen Verstand!

Und nun, meine kleine geliebte Puppe, nun habe ich Dein Buch gelesen und meine Meinung gesagt. Aber was geht uns das denn an? Haben wir uns nicht geliebt? Lieben wir uns nicht noch immer? Haben wir uns nicht gegenseitig erzogen und unsere Kanten abgeschliffen? Denn Du erinnerst Dich wohl, dass es anfangs so einiges an Ästchen und dürrem Zeug gegeben hat! Was hast Du denn plötzlich für Grillen? Zum T… mit allen Ottilien und Seminarien! – Da hast Du mir ein mühsames Buch geschickt. Es war wie ein schlecht markiertes Fahrwasser, wo man jeden Moment aufzulaufen droht. Aber ich habe mein Besteck genommen und mir auf der Karte einen Weg ausgesteckt, wo ich ruhiges Wasser fand. Meiner Seel, das tue ich kein zweites Mal mehr. Soll da der verfluchte Satan sich hinsetzen und solche Nüsse aufknacken, die innen schwarz sind, wenn man erst einmal ein Loch hineinbekommt. Und jetzt wünsche ich Dir Frieden und Glück – und Deinen alten guten Verstand zurück. Wie geht es meinen Kleinen? Du hast das letzte Mal vergessen, von ihnen zu schreiben! Das war wohl wegen der starken Anteilnahme am Schicksal der gesegneten Gören dieser Nora (die nirgends existieren als im Theater). Weint mein Sohn, spielt mein Kleinstes, singt meine Nachtigall, tanzt mein Püppchen[10]? Das soll sie immer tun, dann freut sich der alte Pall. Und nun segne Dich Gott und lasse keine bösen Gedanken zwischen uns kommen. Ich bin so traurig, dass ich es gar nicht sagen kann. Und da verlangt man von mir, dass ich Rezensionen über Theaterstücke schreibe! Gott behüte Dich und die Kleinen und küsse sie mitten auf den Mund von Deinem alten treuen Pall.

Als der Kapitän den Brief abgeschickt hatte, ging er hinunter in die Offiziersmesse und genehmigte sich einen Grog – der Arzt war mit dabei. «Hoi», sagte er, «hast du gemerkt, wie es nach alten schwarzen

Hosen stinkt. Hoi! Surabaja![11] Soll mich der Satan holen, verdammt noch mal! Am Ankerhaken am Fockmast sollte man sie auslüften bei einem gründlichen Nord-Nordwest.» – Der Arzt begriff kein Wort! – «Ottilia, Ottilia soll mir …! Eine tüchtige Portion Schläge brauchte sie. Schick diese graue, stinkende Hexe in den Mannschaftsraum hinunter und lass die zweite Besatzung bei fest geschlossenen Luken auf sie los. Man weiß, was sich für eine alte Nutte gehört!» – «Was ist denn mit dir los, alter Pall?», fragte der Doktor. – «Plato, Plato! Hurensohn von einem Plato. Na ja, wenn man während sechs Monaten auf hoher See ist, da kommt man einem eben mit Plato! Da wird man ethisch! Ethisch! Hoi, ich wette ein Spleißeisen auf einen Doppelhaken: Wenn Ottilia ihr warmes Fressen kriegte, so würde sie, hol mich der Teufel, nicht mehr über Plato reden! Was hier los ist? – Ach! Nichts, nichts. Hör zu! Du bist Arzt! Wie ist das eigentlich so mit den Frauenzimmern? Was? Ist es nicht vielleicht gefährlich, lange unverheiratet zu sein? Werden sie nicht etwas … na ja, hm, so, so … an der einen Ecke des Segels? Was?» – Der Arzt äußerte seine Meinung und schloss mit der bedauernden Einsicht, dass eben nicht alle Weibchen befruchtet werden könnten. In der Natur, wo das Männchen meist in Polygamie lebe, was es in den meisten Fällen zu tun vermöge, da die Nahrung für die Jungtiere ausreiche (außer bei den Raubtieren), da existierten solche Abnormitäten wie unverheiratete Weibchen nicht. In der zivilisierten Welt jedoch, wo es einem Glückstreffer gleichkomme, ausreichend Brot zu erhalten, da sei das ganz üblich, vor allem da es mehr Frauen gebe als Männer. Deshalb solle man zu unverheirateten Mädchen nett sein; ihr Los sei zu beklagen! – Ja, nett sein! Das sei leicht gesagt. Aber wenn *sie* nicht nett sein wolle! – Und damit floss alles aus ihm heraus, sogar, dass er eine Theaterrezension geschrieben habe. – «Ach was, es wird ja so viel Mist geschrieben», sagte der Doktor und legte den Deckel auf die Grogkanne. «Die Wissenschaft ist es, welche die großen Fragen letzten Endes entscheidet! Die Wissenschaft!»

Als der Kapitän nach sechsmonatiger Abwesenheit und einem unerfreulichen Briefwechsel mit seiner Frau, die seine Theaterkritik als scharfe Zurechtweisung empfunden hatte, schließlich auf Dalarö an Land ging, wurde er von seiner Frau, allen Kindern, zwei Dienstmädchen und Ottilia empfangen. Seine Frau war liebenswürdig, aber nicht herzlich. Sie reichte ihm zum Kuss ihre Stirn. Ottilia war lang wie eine Latte und hatte die Haare so geschnitten, dass sie im Nacken wie ein Schrubber aussah. Das Nachtessen war langweilig – mit Tee. Die Barkasse wurde mit den Kindern vollgestopft, und der Kapitän bekam eine Dachkammer zugewiesen. Oh, wie war das anders als früher! Der alte Pall sah wirklich alt aus, und außerdem war er beleidigt. Es war die reine Hölle, dünkte ihn, verheiratet zu sein und doch keine Frau zu haben!

Am nächsten Morgen wollte er mit seiner Frau segeln. Aber Ottilia vertrug das Meer nicht. Bei der Herreise war ihr doch im Baggensfjord so übel geworden! Und im Übrigen war es Sonntag. Sonntag? Da hatten wir es! Aber man könnte stattdessen einen Spaziergang machen. Sie hatten ja doch vieles zu besprechen! Ja sicher, und was sie nicht alles zu besprechen hätten! Doch Ottilia sollte nicht mit dabei sein!

Arm in Arm gingen sie weg. Aber sie sprachen nicht viel; und was sie sagten, waren eher Worte, die die Gedanken verbergen sollten, als Gedanken, die in Worte gefasst waren. Sie kamen an dem kleinen Cholerafriedhof vorbei und wählten den Weg ins Schweizertal hinunter. Eine schwache Brise zog durch die Fichten, und hinter den dunklen Zweigen leuchtete der Fjord so blau. Dann setzten sie sich auf einen Stein. Er zu ihren Füßen. «Gleich wird es losgehen», dachte er. Und so war es auch.

«Hast du etwas über unsere Ehe nachgedacht?», begann sie.

«Nein», sagte er, als wenn er seinen Gegenschlag schon im Voraus überlegt hätte; «ich habe sie nur gefühlt! Ich finde nämlich, dass die Liebe eine Gefühlssache ist; segelt man und kennt und spürt das Land, so läuft man glatt im Hafen ein, nimmt man aber den Kompass und die Karte zu Hilfe, läuft man auf Grund.»

«Ja, aber unsere Ehe war doch nichts anderes als ein Puppenheim!»

«Lüge, mit Verlaub. Du hast niemals einen Wechsel gefälscht, du hast niemals deine Strümpfe irgendeinem syphilitischen Doktor gezeigt, von welchem du Geld zu leihen suchtest gegen Sicherheit in natura; du warst niemals so romantisch stupide, zu erwarten, dein Mann gehe hin und zeige sich für ein Verbrechen an, das seine Ehefrau aus Dummheit begangen hat, das aber nicht zum Verbrechen wurde, weil sich kein Ankläger fand; du hast mich niemals belogen! Ich habe dich ebenso anständig behandelt wie Helmer seine Frau, als er sie zu seiner Vertrauten machte, sie zu Bankangelegenheiten sich äußern und bei der Besetzung von Stellen ihre Meinung sagen ließ ... and so on! So waren wir Gatte und Gattin nach allen Begriffen, den altmodischen sowohl wie den neumodischen!»

«Ja, aber ich war deine Haushälterin!»

«Lüge, mit Verlaub. Du hast nicht in der Küche gegessen, du hast keinen Lohn empfangen, du hast niemals über das Geld Rechenschaft ablegen müssen, hast niemals Schelte bekommen, weil dies oder jenes nicht in Ordnung war! Und betrachtest du meine Arbeit: zu holen und zu brassen, Taue zu fixieren, ‹Präsentiert!› zu schreien, Heringe abzuzählen und Schnapsportionen einzugießen, Erbsen zu wägen und Mehl zu prüfen – scheint dir das ehrenvoller, als Mägde zu betreuen, zum Markt zu gehen, Kinder zu gebären und großzuziehen?»

«Nein, aber du wirst dafür bezahlt; du bist dein eigener Meister, du bist ein Mann, und du bestimmst!»

«Mein liebster Schatz! Willst du wirklich Lohn haben von mir? Willst du wirklich meine Haushälterin werden? Dass ich ein Mann bin, ist doch ein Zufall; sagt man nicht, das Geschlecht sei vor dem sechsten Monat nicht auszumachen! Es ist betrüblich. Neuerdings ist es ein Verbrechen, ein Mann zu sein – aber ein Vergehen ist es nicht. Und der Teufel soll den holen, der die beiden Hälften der Menschheit gegeneinander aufgehetzt hat! Seine Verantwortung ist groß. Bestimme ich? Bestimmen wir nicht beide? Tue ich irgendetwas Wichtiges, ohne dich um Rat zu fragen? Was? Aber du, du erziehst deine Kinder nach deinem Kopf! Weißt du noch, wie ich das Kinderwiegen, das ich sträflich fand, untersagen wollte, da es doch bedeutet, die Kinder zu berauschen, wenn man sie so einschläfert. Da hattest du das letzte Wort! Ein andermal wieder bestimmte ich, und das nächste

Mal bestimmtest du! Einen Mittelweg gab es nicht, denn zwischen Wiegen und Nichtwiegen gibt es keinen Kompromiss! Trotzdem kamen wir gut aus zusammen – bis jetzt! Du hast mich Ottilias wegen aufgegeben!»

«Ottilia! Immer Ottilia! Hast du sie mir nicht selbst aufgenötigt?»

«Nicht ausgerechnet sie! Aber jetzt ist sie es, die bestimmt!»

«Von allem, was mir lieb ist, willst du mich trennen!»

«Ist Ottilia alles? So sieht es mir aus!»

«Aber ich kann sie doch nicht wegschicken, wo ich sie für den Pädagogik- und Lateinunterricht der Mädchen eingestellt habe!»

«Latein! Ablativus! Herr Jesus, sollen auch sie verderben?»

«Ja, sie sollen gleich viel wissen wie ein Mann, wenn sie sich einmal verheiraten. Damit es eine rechte Ehe wird!»

«Aber du gute Seele, nicht alle Ehemänner können Latein! Ich selber kann nicht mehr als ein einziges Wort Latein, und das ist *Ablativus*! Und wir sind trotzdem glücklich! Im Übrigen ist man ja dabei, das Latein als nutzloses Fach für die Männer abzuschaffen. Müsst ihr denn dieselbe Strafe auf euch nehmen? Könnt ihr nicht aus dem Beispiel lernen! Ist es nicht schon schlimm genug, dass das ganze Geschlecht der Männer verdorben ist? Muss man nun auch die Frauen verderben? Ottilia, Ottilia – warum hast du mir das angetan!»

«Ich will über diese Sache nicht mehr sprechen! Aber unsere Liebe, Wilhelm, war nicht, wie sie hätte sein sollen. Sie war sinnlich!»

«Mein liebes Herz, wie hätten wir Kinder haben sollen, wenn unsere Liebe nicht sinnlich – auch sinnlich – gewesen wäre! Aber sie war nicht nur sinnlich!»

«Kann eine Sache zugleich schwarz und weiß sein? Das frage ich dich! Gib mir Antwort!»

«O ja, das kann sie: Dein Sonnenschirm ist außen schwarz, innen aber weiß!»

«Sophist!»

«Hör zu, mein lieber Schatz, sprich doch mit deiner eigenen Zunge und mit deinem eigenen Herzen, nicht mit Ottilias Büchern! Nimm Vernunft an und werde wieder du selber, meine eigene kleine geliebte Frau!»

«*Deine, deine eigene*, Eigentum, das du kaufst mit dem, was *du* bei *deiner* Arbeit verdienst!»

«Genau so, pass auf, bin ich *dein* Mann, *dein eigener* Mann, den keine andere Frau anschauen darf, wenn sie ihre Augen im Kopf behalten will, und den du erhalten hast als Geschenk, nein, als Ersatz dafür, dass er dich bekommen hat! Ist das nicht *partie égale*[12]?»

«Aber wir haben doch unser Leben mit Spielereien verbracht, nicht? Hatten wir irgendwelche höheren Interessen, Wilhelm?»

«Ja, wir haben die höchsten Interessen gehabt, Gurli; wir haben nicht immer getändelt, denn es hat auch ernste Stunden gegeben! Wir haben die höchsten Interessen gehabt, die man haben kann; wir haben dem zukünftigen Geschlecht Leben gegeben; wir haben uns ganz tapfer geplagt und geschunden – und du nicht am wenigsten – für die Kleinen, die groß werden sollen. Bist du nicht ihretwegen viermal dem Tod nahe gewesen? Hast du nicht, um sie zu wiegen, auf deinen nächtlichen Schlaf und, um sie zu pflegen, auf die Vergnügungen des Tages verzichtet? Hätten wir uns nicht eine Wohnung mit sechs Zimmern und Küche und einem Bedienten an der Drottninggata leisten können, wenn wir die Kleinen nicht gehabt hätten, statt in der ‹Langen Reihe› zu wohnen? Hätte nicht meine Gulla in Seide und Perlen gehen können, und hätte der alte Paul nicht darum herumkommen können, in ausgebeulten Hosen umherzulaufen, wenn wir uns nicht für die Kleinen entschieden hätten? Sind wir wirklich solche Puppen? Sind wir denn so egoistisch, wie jene alten Jungfern behaupten, welche die Männer zumeist verschmähen, weil sie jenen nicht passen? Hör, such mal alle Gründe, warum so viele Mädchen nicht verheiratet sind! Sie alle werden sich damit wichtigmachen, dass sie Angebote erhalten hätten, und trotzdem gefallen sie sich in der Rolle des Märtyrers! Höhere Interessen! Latein lernen! Sich für wohltätige Zwecke halb nackt kleiden, aber die Kinder wund liegen lassen in ihren nassen Windeln! Ich glaube, ich habe höhere Interessen als Ottilia, wenn ich gesunde, glückliche Kinder haben will, die einmal im Leben das ausrichten können, was wir nicht geschafft haben! Aber mit Latein geht das nicht! Leb wohl, Gurli! Nun muss ich auf die Wache. Kommst du mit?»

Sie blieb sitzen und antwortete nicht. Er ging; mit schweren, ach, wie schweren Schritten. Der blaue Fjord wurde düster, und die Sonne leuchtete nicht mehr für ihn. «Paul, Paul, wohin wird das noch führen», seufzte er vor sich hin, als er beim Friedhof über den Zauntritt kletterte, «ich wünschte, ich läge dort unter einem Holzkreuz, dort unten zwischen den Baumwurzeln; aber ich könnte bestimmt keine Ruhe finden, wenn ich allein dort läge! Gurli! Gurli!»

*

«Jetzt geht bei uns alles schief, Schwiegermutter», sagte der Kapitän an einem Herbstabend, als er bei der Alten an der Sturegata vorbeikam.

«Was ist denn jetzt wieder los, lieber Willi?»

«Gestern waren sie bei uns zu Hause. Vorgestern waren sie bei der Prinzessin. Und da wurde es der kleinen Alice schlecht. Das war natürlich Pech, aber ich wagte nicht, nach Gurli zu schicken, denn sie hätte doch nur geglaubt, es sei ihretwegen in Szene gesetzt worden. Ach! Wenn das Vertrauen einmal erschüttert ist, so … Ich war in den letzten Tagen beim Kriegsgerichtsrat und fragte ihn, ob man nach schwedischem Gesetz das Recht habe, die Freundinnen der Ehefrau zu Tode zu räuchern! Nein, das habe man nicht. Und auch wenn man es hätte, man würde es nicht wagen, denn mit allem wäre dann Schluss. Teufel, wie viel besser, wenn man es mit einem Liebhaber zu tun hätte; den könnte man am Nacken packen und hinausschmeißen. Was soll ich tun?»

«Ja, ja, ein schwerer Fall, lieber Willi, aber wir werden uns etwas einfallen lassen müssen. So ein starker Kerl wie du kann doch nicht auf diese Weise frauenlos weiterleben.»

«Nein, das sage ich ja auch!»

«Ich habe ihr letzthin in aller Schärfe gesagt, wenn sie nicht lieb sei, werde ihr Mann bald einmal schnurstracks zu den Mädchen laufen!»

«Na, und was meinte sie darauf?»

«Sie sagte: ‹Soll er's doch tun; für seinen Körper trägt jeder die Verantwortung selbst.›»

«Sie selbst demnach auch, versteht sich! Hübsche Theorien. Schwiegermutter, ich bekomme davon noch graue Haare!»

«Eine alte, bewährte Methode ist es, sie eifersüchtig zu machen. Das pflegt eine Radikalkur zu sein, denn da kommt die Liebe hervorgekrochen – wenn sie noch da ist!»

«Sie ist noch da!»

«Sicher! Denn Liebe erstirbt nicht Knall auf Fall; sie kann sich abnützen im Lauf der Jahre – wenn überhaupt! Los, mach Ottilia den Hof, dann werden wir weitersehen!»

«Den Hof? Dieser Person?»

«Versuch's! Gibt es etwas, das du verstehst und das sie interessiert?»

«Lass mich sehen, ja! Sie haben's im Moment mit der Statistik! Gefallene Frauen, ansteckende Krankheiten, pfui! – Wenn man das in ein mathematisches Problem hinüberlenken würde ... Das immerhin kann ich!»

«Na, dann haben wir's! Beginn mit der Mathematik, geh über zum Umlegen des Halstuchs und zum Stiefelknöpfen. Begleite sie abends nach Hause. Trink mit ihr und küsse sie, wenn Gurli es sieht. Wenn nötig, sei zudringlich. Ach! Sie wird es nicht übel nehmen, glaub mir. Und dann: viel Mathematik, so viel, dass Gurli dabeisitzen, zuhören und schweigen muss. Komm in acht Tagen wieder und berichte mir!»

Der Kapitän ging nach Hause, studierte die neuesten Broschüren über die Unsittlichkeit, und danach schritt er zur Tat.

Acht Tage später saß er fröhlich und zufrieden bei seiner Schwiegermutter und ließ sich einen guten Sherry schmecken. Er war richtiggehend glücklich.

«Erzähl, erzähl», sagte die Alte und schob die Brille hoch.

«Nun, siehst du, am ersten Tag ging es schwer, denn sie misstraute mir. Sie dachte, ich treibe mein Spiel mit ihr. Da sprach ich aber davon, welchen unerhörten Einfluss die Wahrscheinlichkeitsrechnung in Amerika auf die Sittlichkeitsstatistik gehabt habe. Sie habe ganz einfach Epoche gemacht. Ach so, das wusste sie nicht – und das ärgerte sie. Ich gab ein Beispiel und wies mittels Zahlen und Buchstaben nach, dass man mit einer gewissen Wahrscheinlichkeit errechnen könne, wie viele Frauen zu Fall kommen würden. Das erstaunte sie. Nun sah ich, dass sie neugierig wurde und sich für das nächste Treffen einen neuen Trumpf verschaffen wollte. Gurli war froh, zu sehen, dass wir Freunde wurden, und sie spornte uns richtig an. Sie schob uns in mein Zimmer und schloss die Tür; und da saßen wir und rechneten den ganzen Nachmittag. Sie war selig, diese Person, dass sie bei mir etwas für sich herausschlagen konnte, und drei Stunden später waren wir Freunde. Beim Nachtessen fand meine Frau, dass Ottilia und ich so alte Bekannte seien, dass wir Du zueinander sagen sollten. Ich holte meinen alten guten Sherry hervor, um das große Ereignis zu feiern. Und dann küsste ich sie mitten auf den Mund, Gott verzeihe mir meine Sünden. Gurli sah etwas erschrocken aus, wurde aber nicht böse. Sie war eitel Glück. Der Sherry war stark, und Ottilia war schwach. Ich half ihr in den Mantel, brachte sie nach Hause, drückte ihr auf der Skeppsholmbrücke den Arm und erklärte ihr die ganze Sternkarte. Ach! Sie war hingerissen. Hatte schon immer die Sterne geliebt, aber nie lernen dürfen, wie sie hießen. Diese armen Frauen dürfen ja nichts lernen. Sie schwärmte ordentlich, und wir trennten uns wie die allerbesten Freunde, die sich so lange, ach, wie lange verkannt haben. Am Tag darauf mehr Mathematik. Wir saßen bis zum Nachtessen zusammen. Gurli kam einige Male herein und nickte uns zu. Bei Tisch sprach man nur von Mathematik und von Sternen; Gurli saß schweigend dabei und hörte zu. Dann begleitete ich sie nach Hause. Beim Quai begegnete ich Kapitän Björn. Wir bogen ab zum Grandhotel und genehmigten uns ein Glas Punsch. War um ein Uhr zu Hause.

Gurli war noch wach. ‹Wo bist du so lange gewesen, Wilhelm?›, sagte sie. Da fuhr mir der Teufel in den

Leib, und ich gab zur Antwort: ‹Wir gingen und redeten so lange auf der Holmbrücke, dass ich ganz vergaß, wie spät es war.› – Der Nagel saß. – ‹Ich finde es nicht richtig passend von dir, in der Nacht mit einem jungen Frauenzimmer spazieren zu gehen›, sagte sie. Ich tat, wie wenn ich verlegen würde, und stammelte, dass man nicht immer wisse, was passend sei, wenn man sich so viel zu sagen habe. ‹Worüber habt ihr denn gesprochen?›, fragte Gurli und verzog das Gesicht. Daran konnte ich mich nun nicht mehr erinnern.»

«Gute Arbeit, mein Junge», sagte die Alte, «erzähl weiter.»

«Am dritten Tag», fuhr der Kapitän fort, «kam Gurli mit einer Arbeit herein und blieb bis zum Schluss der Mathematikstunde sitzen. Das Nachtessen war nicht so recht vergnügt, aber umso astronomischer. Ich half der Person in die Stiefel hinein, was einen tiefen Eindruck auf Gurli machte, und sie wandte Ottilia, als diese ging, nur die Wange zum Kusse hin. Ich drückte ihr auf der Holmbrücke den Arm und sprach über die Sympathie der Seelen, über die Sterne als Seelenheimat. Trank Punsch im Grandhotel und kam um zwei Uhr nach Hause. Gurli war noch wach; ich sah es, ging aber gleich in mein Zimmer, Junggeselle, der ich war; Gurli schämte sich, nachzukommen und mich zu befragen. Am Tag darauf: Astronomie. Gurli erklärte, sie habe große Lust mitzutun, aber

Ottilia fand, wir seien im Fach zu weit fortgeschritten, und sie werde Gurli später in die ersten Gründe einweihen. Gurli war gereizt und ging hinaus. Zum Abendessen viel Sherry. Als Ottilia sich für die Mahlzeit bedankte, nahm ich sie um den Leib und küsste sie. Gurli war blass. Beim Stiefelknöpfen griff ich mit der Hand etwas um … hm …»

«Genier dich nicht vor mir, Wille», sagte die Alte, «ich bin eine alte Frau!»

«… um das Bein. Übrigens nicht so schlecht! Hm! Wirklich nicht so schlecht! Au! Aber als ich meinen Mantel anziehen wollte, da, *hast du mir gesehen,*[13] stand unsere Lina bereit, um das Fräulein heimzubringen. Und Gurli hatte eine Entschuldigung bereit für mich: Ich habe mich abends zuvor erkältet und fürchte die Nachtluft. – Ottilia sah betroffen aus und küsste Gurli nicht, als sie ging. Am Tag darauf sollte ich Ottilia um zwölf Uhr oben in der Schule astronomische Instrumente zeigen. Sie kam auch, war aber verstimmt. Sie komme eben von Gurli, die mit ihr unfreundlich gewesen sei. Konnte die Ursache nicht verstehen. Als ich zum Essen nach Hause kam, war Gurli völlig verändert. Sie war kalt und stumm wie ein Fisch. Sie litt. Ich sah es. Aber nun sollte das Messer noch ganz hinein. – ‹Was hast du Ottilia gesagt, dass sie so traurig war?›, begann ich. – Was sie gesagt habe? Ja doch, sie habe ihr gesagt, sie sei eine Kokette. Das habe sie gesagt. – ‹Wie konntest du nur so etwas sagen›, meinte ich. ‹Du bist doch nicht eifersüchtig!› – ‹Ich, eifersüchtig auf so eine?›, brauste sie auf. ‹Ja, das würde mich auch verwundern, denn einer so intelligenten und verständigen Dame würde es doch niemals einfallen, sich nach dem Mann einer anderen umzublicken!› – ‹Nein› (und nun kam es aus ihr heraus), ‹aber dem Mann einer anderen könne es einfallen, sich gegenüber einer anderen Dame schlecht aufzuführen. Huhuhuhu!› – Jetzt war es so weit! Ich nahm Ottilia in Schutz, bis Gurli sie eine Nutte nannte, und ich fuhr fort, sie in Schutz zu nehmen. Und an diesem Nachmittag kam Ottilia nicht. Sie schrieb einen lauwarmen Brief und entschuldigte sich. Sie sehe wohl ein, dass sie überflüssig sei. Ich protestierte und machte mich daran, sie herzuholen. Aber da wurde Gurli wild. Sie sehe genau, dass ich in diese Ottilia verliebt sei, dass sie, Gurli, mir nichts mehr bedeute; sie wisse, dass sie eine dumme Gans sei, dass sie sich auf nichts verstehe, zu nichts tauge, und dass, huhuhu, Mathematik für sie ganz unmöglich sei. Ich schickte nach einem Pferdeschlitten, und wir fuhren zur Lidingöbrücke. Dort tranken wir Glühwein und tafelten, dass es krachte – es war wie auf einer zweiten Hochzeit! Und dann fuhren wir nach Hause.»

«Und dann, und dann?», fragte die Alte und blickte über die Brille hinweg.

«Und dann! Hm! Gott vergebe mir meine Sünden! Ich habe sie verführt. Hol mich der Teufel, aber ich habe sie in meinem eigenen Junggesellenbett verführt; so geht es zu bei einer Hochzeit! – Was sagst du dazu, Großmutter?»

«Recht hast du gehabt! Und dann?»

«Ach dann! Dann, ja, da war alles *all right*, und nun sprechen wir über Kindererziehung und die Befreiung der Frauen von altem Aberglauben, Altjungferntum, Romantisiererei, vom Satan und seinem Ablativus; aber wir sprechen wieder unter vier Augen, und da versteht man sich am besten! Nicht wahr, Mütterchen?»

«Ja, mein Guter, da werde ich euch auch bald wieder einmal besuchen.»

«Mach das! Da sollst du sehen, wie die Püppchen tanzen und die Lerchen und die Spechte singen und pfeifen, du siehst das Glück bis unters Dach, denn da ist niemand, der auf Wunder wartet, die es nur in den Märchenbüchern gibt, hörst du! Da bekommst du ein richtiges Puppenheim zu sehen!»

## Wie es kommen musste!

An jedem Winterabend steht er pünktlich, wenn die Glocke halb neun schlägt, unter der Tür zur Glasveranda des Speiselokals. Während er sich mit mathematischer Genauigkeit seiner hirschledernen Handschuhe entledigt, blickt er erst nach rechts, dann nach links über die beschlagenen Brillengläser hinweg, um zu sehen, ob es Bekannte zu treffen gebe. Darauf hängt er den Mantel an seinen Haken rechts vom Kamin. Der Kellner Gustav, sein früherer Schüler, hat schon, ohne die Order abzuwarten, die Krümel von seinem Tisch gewischt, den Senf in der Dose umgerührt, im Salzfass gestochert und die Serviette gefaltet. Dann bringt er unaufgefordert eine Flasche Medhamra-Sprudel, öffnet ein halbes Bier, Marke «Verein», überlässt dem Lehrer zum Schein die Speisekarte und sagt, mehr im Ton einer Formel als einer Frage: «Krebse.»

«Weibliche Krebse?», sagt der Magister.

«Große weibliche Krebse», bestätigt Gustav, geht zur Durchreiche hinüber und ruft in die Küche: «Große weibliche Krebse für den Magister, und dazu viel Dill!»

Dann bringt er eine Portion Butter und Käse, schneidet zwei Scheiben Pumpernickel ab und stellt alles auf den Tisch des Magisters. Dieser hat auf der Veranda einen Angriff auf die Abendzeitungen unternommen, aber nur die «Postzeitung» ergattern können. Als Ersatz ergreift er das «Tagblatt», das er am Mittag nicht hat zu Ende lesen können. Nun setzt er sich darauf, faltet die «Postzeitung» zweimal zusammen und legt sie links neben sich auf den Brotkorb. Dann streicht er mit dem Messer einige geometrische Butterfiguren auf die Brotscheibe, schneidet ein Viereck vom Schweizer Käse ab, schenkt sich sein Schnapsglas drei viertel voll ein und führt es bis zur Höhe des Mundes; da aber legt er eine Pause ein – wie im Zweifel bei der Einnahme eines Medikaments –, wirft sodann den Kopf nach hinten und sagt: «Huh!» So hat er es zwölf Jahre lang gehalten, so wird er es halten bis zu seinem Todestag.

Sobald die Krebse, sechs an der Zahl, serviert sind, untersucht er ihr Geschlecht, und falls er nichts einzuwenden hat, schreitet er weiter zum genussvollen Akt. Die Serviette steckt er an einem Zipfel unter den steifen Kragen, zwei gestrichene Käsebrote legt er neben den Teller in Bereitschaftsstellung; er schenkt sich ein Glas Bier und einen halben Schnaps ein. Dann ergreift er das kleine Krebsmesser und beginnt die Schlacht. Er ist der Einzige in Schweden, der es versteht, Krebse zu essen, und wenn er zufällig je einen anderen beim Essen von Krebsen antrifft, so sagt er: «Du verstehst es nicht, Krebse zu essen.» Zuerst macht er rund um den Kopf des Krebses einen Schnitt, und wenn dann das Loch mundgerecht ist, so saugt er. «Das ist das Feinste», sagt er. Nachher löst er den Thorax von den Gliedmaßen, schneidet «den Blutaar», wie er es nennt, gräbt seine Zähne in den Rumpf und saugt in tiefen Zügen; danach schlürft er die kleinen Beine wie Spargel in sich hinein, isst sodann eine Handvoll Dill, nimmt einen Schluck Bier und einen Bissen vom Butterbrot. Nachdem er die Scheren sorgfältig geschält und die feinsten Kalkröhrchen ausgesaugt hat, verzehrt er das Fleisch und wendet sich dann dem Schwanz zu. Wenn er drei Krebse gegessen hat, genehmigt er sich einen halben Schnaps und liest die «Ernennungen» in der «Postzeitung». So hat er es zwölf Jahre lang gehalten, so wird er es auch weiterhin tun.

Er war zwanzig Jahre alt, als er begann, in diesem Lokal zu speisen, jetzt ist er zweiunddreißig, und Gustav ist seit zehn Jahren hier Kellner! Der Lehrer ist der Älteste am Platze, älter als der Wirt, denn dieser besitzt den Betrieb erst seit acht Jahren! Er hat vielerlei Gäste gesehen; einige hielten es ein Jahr aus, andere zwei oder fünf Jahre; dann verschwanden sie, wechselten das Lokal, zogen an einen anderen Ort um oder verheirateten sich. Er fühlt sich sehr alt, obschon er erst zweiunddreißig Jahre zählt! Hier ist sein Zuhause, denn seine Kammer auf Östermalm dient ihm nur zum Schlafen.

Zehn Uhr. Er erhebt sich und geht in die kleine Gaststube hinüber, wo ihn sein Grog erwartet. Jetzt kommt auch der Buchhändler. Sie spielen Schach oder sprechen über Bücher. Um halb elf Uhr kommt vom Dramatischen Theater die Zweite Geige: ein alter Pole, der nach vierundsechzig[14] die Flucht nach Schweden ergriffen hat und nun sein Brot mit dem verdienen muss, was er früher aus Spaß getan hat. Der Pole und der Buchhändler sind über fünfzig Jahre alt, aber in der Gesellschaft des Magisters fühlen sie sich so wohl wie unter Gleichaltrigen.

Hinter dem Schanktisch sitzt der Gastwirt. Er ist ein ehemaliger Schiffskapitän, der sich im Kaffeesalon verliebte und darum beschloss, sein Schicksal mit jenem der Kellnerin zu vereinen. Sie regiert nun in der Küche und hält stets die Luke offen, um auf ihren Alten achtzugeben: dass ihm nicht einfalle, einen zu heben, bevor die Gäste aufgestanden sind. Aber nachher, wenn das Gas gelöscht und das Bett gemacht ist, bekommt der Alte als Schlaftrunk seinen Napf voll Grog.

Von elf Uhr an kommen die jungen Herren, die sich vorsichtig an den Ausschank heranmachen und flüsternd den Wirt befragen, ob im ersten Stock ein

«Privatzimmer» frei sei, und dann hört man das Knistern von Röcken, die durch den Flur huschen, um ungesehen die Treppe hinaufzukommen.

«Nun», sagt der Buchhändler, der gleichsam kostenlos ein Gesprächsthema gefunden hat, «solltest du nicht endlich daran denken, dich fortzupflanzen, alter Blom?»

«Das ist mir zu teuer», sagt der Lehrer. «Warum heiratest denn du selbst nicht?»

«Mich will keine mehr haben», sagt der Buchhändler, «seitdem mein Kopf ausschaut wie ein alter Koffer aus Seehundsfell. Im Übrigen habe ich meine alte Stava.»

Diese Stava ist eine mystische Person, an deren Existenz keiner glaubt: die Verkörperung aller unerfüllten Träume des Buchhändlers.

«Aber wie steht's denn mit Ihnen, Herr Potocki?», meint der Magister.

«Der ist ja verheiratet gewesen, reicht das nicht?», sagt der Buchhändler.

Der Pole nickt wie ein Metronom und sagt: «Ja, ich warr särr glicklich ver-eiratt gewesen, ja, ja», und darauf leert er seinen Grog. «Husch!»

«Ja eben», sagt der Magister, «wenn sie nicht solche Gänse wären, diese Frauenzimmer, dann könnte man sich die Sache überlegen, aber eben – so schreckliche Gänse!»

Der Pole nickt wieder und lacht, denn er versteht das Wort «Gänse» nicht.

«Ich warr särr glicklich ver-eiratt gewesen. Husch!»

«Und dann gibt's Kindergeschrei und den sauren Geruch von Kleidern auf dem Ofen», fährt der Magister fort, «und dann Mägde und Küchendüfte. Nein, vielen Dank! Und zu alledem kann man vielleicht nachts nicht schlafen!»

«Husch!», setzte der Pole hinzu.

«Herr Potocki sagt ‹Husch!›», fuhr der Buchhändler mit der üblichen Schadenfreude des Junggesellen dazwischen, der einen Verheirateten Unvorteilhaftes über die Ehe sagen hört.

«Wass ssage ich?», fragte der Witwer erstaunt.

«Husch!», ahmte ihn der Buchhändler nach, und das Gespräch löste sich auf im gemeinsamen Grinsen und in einer Tabakwolke.

Dann wird es zwölf Uhr. Das Klavier, das im oberen Stock als Begleitung zum gemischten Chor gelärmt hat, verstummt; das Gelaufe des Kellners zwischen der Küchenluke und der Veranda hört auf; der Wirt trägt die letzten Champagnerflaschen für den ersten Stock in die Kladde ein; das Gas wird heruntergeschraubt. Die drei Freunde erheben sich, und ein jeder kehrt in sein «keusches Junggesellenbett» zurück – der Buchhändler nach Hause zu seiner Stava.

Magister Blom hatte im Alter von zwanzig Jahren seine Studien in Uppsala abgebrochen und war als Hilfslehrer in die Hauptstadt gezogen. Mit den Lektionen, die er zusätzlich erteilte, hatte er ein rechtes Auskommen. Er begehrte nicht viel vom Leben! Ordnung und Ruhe waren ihm alles. In seiner Kammer auf Östermalm, die er in Untermiete bei einer alten Jungfer bewohnte, fand er mehr, als ein Junggeselle zu begehren pflegte: Fürsorge und Freundlichkeit, all die liebevolle Besorgtheit, mit der die Natur diese Frau für eine neue Generation aus ihrem eigenen Blut ausgestattet hatte, fiel ihm unentgeltlich zu. Sie flickte seine Kleider und sorgte für ihn. Er aber, der früh seine Mutter verloren hatte und deshalb nicht gewohnt war, dass man ihm solche Gefälligkeiten umsonst erwies, fasste die Gabe beinahe wie einen Eingriff in seine Freiheit auf – doch annehmen tat er sie! Sein eigentliches Zuhause indessen war das Wirtshaus. Dort bezahlte er für alles und stand in niemandes Schuld.

In einer Landstadt in Mittelschweden geboren, war er in Stockholm ein Fremder. Er besuchte niemanden, verkehrte in keiner Familie, traf seine Bekannten nur im Wirtshaus und plauderte mit ihnen, wurde aber niemals vertraulich und hatte auch keine vertraulichen Mitteilungen zu machen. Seine Tätigkeit in der Schule, wo er immer nur die dritte Klasse unterrichtete, brachte es mit sich, dass er sich wie einer fühlte, der im Wachstum stehen geblieben ist. Er war doch einst durch die dritte Klasse hindurch bis in die siebte hinaufgestiegen und war Student geworden, aber jetzt blieb er immer in der dritten sitzen. Zwölf Jahre lang hatte er da gesessen und kam niemals weiter. Er lehrte nichts anderes als den Übungsstoff dieser Klasse, das zweite und dritte Buch des Euklid. So erschloss sich ihm das ganze Leben lediglich aus einem Fragment, einem Fragment ohne Anfang und ohne Ende: Band zwei und drei. In seiner Freizeit beschäftigte er sich mit Archäologie und Zeitungslektüre. Die Archäologie ist eine moderne Wissenschaft, man könnte sagen: eine Zeitkrankheit. Und sie ist gefährlich, bezeugt sie doch in den meisten Fällen, dass die menschliche Torheit immer ziemlich konstant geblieben ist.

In den Zeitungsberichten erblickte er nichts weiter als eine Schachpartie; die Politik schien ihm ein interessantes Spiel um den König; nur das, denn er war, wie andere Leute, in dem festen Glauben, dass alles, was in der Welt geschieht, uns nichts angehe, dass sich diejenigen schon darum kümmern, denen Gott die Macht gegeben hat. Diese Art, die Dinge zu sehen, gab seiner Seele eine große und stille Ruhe; er beunruhigte niemanden und wurde durch nichts beunruhigt. Zuweilen, wenn ihn dünkte, dass eine Angelegenheit allzu töricht sei, tröstete er sich damit, dass hier nicht einmal der Teufel etwas ausrichten könnte! Seine Erziehung hatte ihn zu einem beharrlichen Egoisten gemacht, und der Katechismus hatte ihn gelehrt, dass, wenn nur jeder seine Pflicht tut, uns alles, was immer uns auch treffen mag, zum Besten gereicht. So versah er denn auch in der Schule seinen Dienst musterhaft, kam nie zu spät und war niemals krank. Sein Privatleben war ohne Fehl. Er bezahlte seine Miete auf den Tag, er aß niemals auf Kredit und ging einmal in der Woche «zu den Frauen» (er sagte niemals, er gehe «zu den Mädchen»). Sein Leben lief voran wie ein Zug auf blanken Schienen, der auf die Sekunde genau an seinen ihm bestimmten Stationen vorbeifährt, und als kluger Mann vermied er alle Zusammenstöße. An die Zukunft dachte er nicht, denn ein gesunder Egoist denkt nicht so weit, aus dem einfachen Grund, weil seine Zukunft nicht weiterreicht als höchstens zwanzig, vielleicht dreißig Jahre. – Und so lief sein Leben dahin.

*

Es kam ein strahlender, sonniger Mittsommermorgen. Wie er zu sein hat. Der Magister lag in seinem Bett und las über die Kriegskunst der Ägypter, als Mamsell Augusta mit dem Kaffeebrett hereinkam. Sie hatte zu Ehren des Tages ein Safranbrot angeschnitten und einige Fliederblüten auf die Serviette gelegt; aus demselben Grunde hatte sie auch am Abend zuvor ein paar Birkenzweige hinter den Ofen gesteckt, frischen Sand sowie einige Schlüsselblumen in den Spucknapf gestreut und ein Glas mit Levkojen auf den Spiegeltisch gestellt.

«Na, Sie gehen heute nicht wie jedermann auf Vergnügungsfahrt?», fragte die Alte und beschaute sich rundum den Glanz, den sie in der kleinen Kammer zustande gebracht hatte, ein Wort der Anerkennung oder des Dankes erwartend.

Aber der Magister hatte die ganze Pracht nicht einmal bemerkt, und er gab ganz trocken zur Antwort: «Nein, sehen Sie, Mamsell Augusta, Sie wissen doch, ich gehe nicht zu Vergnügungen, um herumgestoßen und von unerzogenen Kindern angeschrien zu werden.»

«Aber an einem so herrlichen Mittsommertag kann man doch nicht in der Stadt bleiben! Sie werden doch wenigstens zum Tiergarten hinausgehen?»

«Und was noch? Das ist das Letzte, was ich täte, besonders heute, wo sich alles mögliche Volk dort herumtreibt. Nein, die Stadt ist für mich gerade recht, und diese Dummheit mit den Feiertagen wird wohl einmal ein Ende nehmen.»

«Mein lieber Magister», wandte die Alte ein, «viele Leute sind der Ansicht, es gebe viel zu wenig Feiertage im Lauf des harten Arbeitsjahres. – Nun, seien Sie so gut und sagen Sie mir, ob Sie noch einen Wunsch haben, dann mache ich alles bereit. Ich will mit meiner Schwester nach Mariefred hinaus, und wir kommen nicht vor zehn Uhr abends zurück.»

«Viel Vergnügen, Fräulein Augusta, ich brauche nichts und weiß mir selbst zu helfen! Die Hauswartfrau kann aufräumen, wenn ich gegen Mittag weggehe.»

Und so blieb er mit seinem Kaffee allein. Als er ausgetrunken hatte, zündete er sich eine Zigarre an und machte sich's mit seiner «Ägyptischen Kriegskunst» im Bett bequem. Das offene Fenster knarrte in seinen Angeln; es wehte ein schwacher Südwind. Um acht läuteten alle Glocken der Kirche von Östermalm, die großen wie die kleinen, und die Glocken von Katharina, Maria und Jakob fielen ein; es schlug und schallte, dass es den schlimmsten Heiden hätte zur Verzweiflung bringen können. Als die Glocken verstummt waren, begann auf der Kommandobrücke eines Dampfers beim Nybrohafen ein Kanoniersextett eine Française aus der «Schwachen Seite» zu spielen[15]. Der Lehrer drehte und wendete sich in den Laken seines Schlafsofas und hätte sich gerne die Mühe gemacht, aufzustehen und das Fenster zu schließen, wenn es dazu nicht zu warm gewesen wäre. Und schon hörte man einige Trommelwirbel vom Platz

Carls XIII.[16] her; sie wurden nach kurzer Zeit vom Blechquintett eines anderen Dampfers beim Nybrohafen übertönt, welches den Jägerchor aus dem «Freischütz»[17] spielte.

Allerdings näherten sich nun die bedrohlichen Trommelwirbel vom Carlsplatz her; es waren die Scharfschützen auf dem Weg zum Übungsfeld, und sie mussten dabei durch die Hauptstraße marschieren. So bekam er sechsmal den Norrköpinger Scharfschützenmarsch zu hören und zwischendurch das Pfeifen der Dampfer, die Glocken und die Blechmusik, die sich schließlich im Stampfen der Schiffsschaufeln gegen Kastellholm hinaus langsam verlor.

Um zehn Uhr stand er auf und setzte das Rasierwasser auf seinen Spirituskocher. Das gestärkte Hemd lag auf der Kommode, weiß und steif wie ein Brett. Eine ganze Viertelstunde verwandte er darauf, die beinernen Knöpfe in die Knopflöcher hineinzuzwingen. Danach rasierte er sich eine halbe Stunde lang. Und dann kämmte er sich sorgfältig, als ob es sich dabei um eine äußerst wichtige Tätigkeit gehandelt hätte. Und als er die Hose anzog, hob er den Saum des Hosenbeins, damit es auf dem Boden nicht staubig werde.

Sein Zimmer war einfach, äußerst einfach, und ordentlich. Es war unpersönlich, abstrakt wie ein Hotelzimmer. Und doch wohnte er seit zwölf Jahren hier. Bei den meisten anderen Leuten pflegt sich in einem solchen Zeitraum eine Menge von Kleinigkeiten anzusammeln: Geschenke, kleine Nutzlosigkeiten, Ziersachen, Luxusgegenstände. Hier gab es nicht einmal einen Stich aus irgendeiner Illustrierten an der Wand, der in ihm einst irgendeine Saite des Gefühls angeschlagen hätte; nicht einmal ein von freundlichen Schwestern gehäkeltes Deckchen, nicht einmal die Fotografie eines gern gesehenen Gesichtes oder einen bestickten Tintenwischer auf dem Schreibtisch. Alles war zum günstigsten Preis eingekauft, damit unnötige Ausgaben vermieden würden, welche die Unabhängigkeit ihres Eigentümers hätten einschränken können.

Er lehnte sich aus dem Fenster, um auf die Straße hinaus- und über den Artillerieplatz zum Hafen hinunterzuschauen. Im Haus schräg gegenüber sah er eine Frau, die, im Korsett, mit ihrer Toilette beschäftigt war. Er wandte sich ab, wie von etwas Hässlichem oder von etwas, das seine Ruhe hätte stören können. Unten im Hafen flatterten die Fahnen der Schlepper und Dampfschiffe, die nach Roslagen fuhren, und das Wasser glitzerte im Sonnenschein. Einige Großmütter wanderten zur Kirche hinauf, ihre Psalmbücher in den Händen. Vor dem Artilleriehof ging der Wachposten mit seinem Säbel auf und ab und sah missvergnügt aus; von Zeit zu Zeit blickte er auf die

Turmuhr, um sich zu vergewissern, wie lange es bis zur Ablösung noch dauern werde. Sonst waren die Straßen leer, grau und heiß. Blom blickte wieder zu der Frau hinüber, die sich ankleidete. Sie hatte eine Puderquaste ergriffen und betupfte sich nun vor dem Spiegel ihre Nasenwinkel mit einem Ausdruck, der sie einem Affen ähnlich machte. Er ging vom Fenster weg und setzte sich in den Schaukelstuhl.

Er legte sich sein Programm für den Tag zurecht, denn wie die Dinge nun einmal waren, bewegte ihn dunkel die Angst vor dem Alleinsein. An den Wochentagen hatte er die Schüler um sich, und wenn er diese wilden Tiere, die er zu zähmen, das heißt: ihnen die schwere Kunst der Verstellung zu lehren hatte, auch nicht liebte, so empfand er, war er von ihnen getrennt, doch eine gewisse Leere. Während dieser Sommerferien hatte er zwar einen Ferienkurs organisiert, doch hatten auch dessen Teilnehmer über die Mittsommertage einen kurzen Urlaub. Und so war er nun über mehrere Tage allein gewesen – mit Ausnahme der Mahlzeiten, wo er immer auf den Buchhändler und die Zweite Geige zählen konnte.

«Um zwei Uhr», dachte er, «wenn die Parade vorbei ist und der Menschenstrom sich verlaufen hat, gehe ich zum Mittagessen ins Lokal hinunter, dann nehme ich den Buchhändler zu ‹Strömsborg› mit, dort ist es heute still und ruhig, und wir trinken Kaffee und

Punsch, bis es Abend wird und wir zu ‹Rejners›» (so hieß das Lokal beim Berzeliuspark) «zurückkehren.»

Schlag zwei Uhr ergriff er seinen Hut, bürstete sich sorgfältig und ging weg.

«Ich möchte bloß wissen, ob die heute wohl geschmorten Barsch haben», dachte er. «Und ob man sich nicht einmal Spargel leisten sollte, da es doch Mittsommertag ist!»

Und dabei spazierte er den Weg hinunter; bei der hohen Mauer der Alten Königlichen Bäckerei hielt er sich im Schatten. Im Berzeliuspark saßen Arbeiterfamilien mit ihren Kinderwagen auf denselben Bänken, wo werktags vornehme *Bonnes*[18] aus der Großen Trädgardsstraße Platz zu nehmen pflegten. Er sah, wie eine Mutter ihrem Kind die Brust gab. Eine große volle Brust, die das Kleine mit seinen Patschhändchen ergriff, sodass sie zur Hälfte verschwand. Voller Abscheu wandte sich der Lehrer ab. Es störte ihn, diese Fremden hier in «seinem» Park zu sehen. Sie glichen jenen Dienstboten, die es sich, wenn die Herrschaft weggefahren ist, im Salon bequem machen, und er konnte ihnen nicht verzeihen, dass sie so hässlich waren.

Er kam zur Glasveranda und wollte eben im Gedanken an den schönen Barsch «mit viel Petersilie» seine Hand auf den Drehgriff der Eingangstür legen, als er plötzlich an der Fensterscheibe ein weißes Blatt

Papier entdeckte, auf dem etwas geschrieben stand. Er brauchte es nicht zu lesen, er wusste sofort, was es besagte: dass das Restaurant am Mittsommertag geschlossen blieb. Das hatte er ganz vergessen! Er fühlte sich, wie wenn er mit seinem Kopf an einen Laternenpfahl am Straßenrand gestoßen wäre! Er wurde wütend. Zuerst über den Wirt, der geschlossen hatte, dann auf sich selber, weil er vergessen hatte, dass geschlossen war! Er fand es ungeheuerlich, dass er etwas so Wichtiges hatte vergessen können, so ungeheuerlich, dass er es nicht glauben konnte und nach jemandem suchen musste, der diese Vergesslichkeit verursacht hatte. Der Wirt natürlich. Er war völlig aus dem Gleise geworfen, geprellt, aus dem Gleichgewicht, zerschmettert. Er setzte sich auf eine Bank; es war ihm vor Wut zum Heulen.

Peng! kam ein Ball und traf ihn mitten auf das gestärkte Hemd. Wie eine gereizte Hornisse schnellte er auf und wollte den Verbrecher zur Rede stellen, als ihm ein kleines hässliches Mädchengesicht mitten in die Augen strahlte; hinter ihr stand ein Arbeiter in Sonntagskleidern und Panamahut, der das Mädchen freundlich bei der Hand nahm und ihn fragte, ob es schmerze. Darauf erblickte er einen ganzen Schwarm von Dienstleuten und Soldaten, die laut lachten. Er schaute sich nach einem Polizisten um, denn er fühlte sich in seinen Menschenrechten verletzt, aber als er den Schutzmann in vertraulichem Gespräch mit der Mutter des Kindes sah, verlor er alle Lust am Streit und ging geradewegs zum Norrmalmsplatz, um von dort mit einer Droschke in die Südstadt hinüber zum Buchhändler zu fahren, denn nun mochte er nicht länger allein sein. Einmal in der Droschke, fühlte er sich einigermaßen sicher und rieb mit dem Taschentuch seine Hemdbrust, welche der Ball schmutzig gemacht hatte.

Als er zur Götstraße hinauskam, bezahlte er den Kutscher, in der Gewissheit, den Buchhändler zu Hause anzutreffen. Aber als er die Treppen hinaufstieg, wurde ihm angst. Zu denken, dass er vielleicht nicht daheim war! Und er war nicht daheim! Auch sonst niemand im ganzen Haus! Denn es tönte so leer, als er an die Türen klopfte, und er hörte das Echo seiner Schritte im Treppenflur.

Als er schließlich – weiterhin allein – wieder auf der Straße stand, wusste er nicht, wohin er gehen sollte. Potockis Adresse kannte er nicht, und ein Adressbuch zu finden, heute, wo alle Läden geschlossen waren, schien, wie er einsah, eine unmögliche Sache.

Er spazierte ziellos die Götstraße hinunter, nach Skeppsbrunn, zur Norrbrücke und zum Carlsplatz. Keinem einzigen bekannten Gesicht begegnete er, und die Volksmassen, die während der Abwesenheit der Herren die Stadt in Besitz genommen hatten, kränkten ihn, denn er war, wie wir alle, in den Schulen des Staates zum Aristokraten erzogen worden.

Der Hunger, der sich bei seinem ersten Aufbrausen gelegt hatte, begann wieder zu erwachen. Und da stieg ein neuer beängstigender Gedanke in ihm auf, den er bis dahin aus Feigheit nicht zu Ende zu denken gewagt hatte: «Wo kann ich etwas zu essen bekommen?» Er war ausgegangen mit seinen Essensmarken sowie einer Krone und fünfzig Öre, seinem ganzen Bargeld. Die Marken waren natürlich nur bei «Rejners» gültig, und eine Krone hatte er schon für die Droschkenfahrt ausgegeben.

Er kam wieder zum Berzeliuspark zurück. Dort saßen die Arbeiterfamilien und verpflegten sich aus ihren Lebensmittelkörben: gekochte Eier, Krebse, Pfannkuchen! Und die Polizei, die sagte nichts dazu! Dort drüben stand sogar ein Schutzmann mit einem Butterbrot und einem Glas Bier in der Hand! Was ihn daran am meisten ärgerte, war das Gefühl, dass diese Leute, die er verachtete, ihm für ein Mal überlegen waren. Ja, warum ging er denn nicht in eine Milchbar und stillte dort seinen Hunger? Warum nicht? Nun ja, die Antwort war wie ein ekliges Aufstoßen; und daraufhin ging er hinunter zum Dampfschiffsteg, um in den Tiergarten hinüberzufahren, wo er bestimmt Bekannte treffen würde, von denen er, so peinlich es auch war, sich Geld für ein Mittagsmahl auf Hasselbacken leihen konnte, und erst noch zu einem vornehmen!

Auf dem Dampfer befand sich viel Volk, sodass der Magister sich neben die Maschine stellen musste, die ihm den Rücken heizte und seinen Rock mit geschmolzenem Talg bespritzte, während er einer Köchin auf den Zopf blickte und ranzige Pomade in die Nase bekam. Aber kein einziges bekanntes Gesicht!

Auf Hasselbacken angekommen, nahm er eine kerzengerade Haltung an und versuchte, sich ein distinguiertes und gelöstes Aussehen zu geben. Der Platz vor dem Restaurant glich einem Theatersaal und schien als Treffpunkt und Vorführplatz für jeden, der etwas vorzuzeigen hat, auch diese Bestimmung zu haben. Ganz oben im «Fond» saßen Offiziere, vom Essen und Trinken blau im Gesicht; neben ihnen einige Repräsentanten fremder Mächte, grau und mitgenommen von der anstrengenden Tätigkeit, für ein paar betrunkene Landsleute, die sich am Hafen verprügelt haben, einzustehen oder den verschiedenen Galavorstellungen, Kindstaufen, Hochzeitsfesten, Bestattungen und dergleichen beizuwohnen. Aber damit hatte es sich, was das feine Publikum betraf. Denn in der Mitte des Platzes entdeckte der Magister den Schornsteinfeger von Östermalm mit seiner Familie, den Wirt aus dem «Höllenkönig», den Provisor aus der Bärenapotheke und andere mehr. Zwischen ihnen bewegt sich der Grüne Jäger[19] mit Silbertressen und vergoldetem Stab und betrachtet die Gesellschaft mit verachtungsvollem Blick, wie wenn er sich fragte, was die hier verloren habe. Der Lehrer fühlt sich unendlich geniert unter den vielen Blicken, die ihm alle zu sagen scheinen: «Schau an, der kommt daher und versucht, ein Mittagessen zu kriegen.» Dennoch: Er muss ganz einfach weiter. Er kommt zur Veranda hinauf, wo man Barsch und Spargel isst und dazu Sauternes und Champagner trinkt. Und eins, zwei, drei fühlt er eine freundliche Hand auf seiner Schulter, und als er sich umwendet, hat er das strahlende Gesicht des Kellners Gustav vor sich, dessen Händedruck und unverstelltes: «Nein auch, Herr Magister, Sie hier; wie geht's?» er entgegennimmt.

Der Kellner Gustav, so glücklich darüber, sich einen Augenblick lang von Gleich zu Gleich mit seinem Herrn zu treffen, drückt mit seiner warmen Hand einen steifen Holzkloben und trifft auf ein paar Blicke, die einem Stecknadelbriefchen entnommen scheinen. Und dieselbe harte Hand hat noch gestern im Speisesaal so freundlich einen Zehnkronenschein in seine Hand gedrückt! Und eben dieser Mann hat ihm für seinen Dienst im ersten Halbjahr und für seine Aufmerksamkeit gedankt, wie man einem Freund dankt! Der Kellner Gustav zieht sich zurück und setzt sich wieder zu seinen Kameraden, verlegen und traurig. Der Magister jedoch verlässt das Restaurant mit Bitterkeit im Herzen, geht durch die Menge hindurch, die höhnend hinter seinem Rücken zu flüstern scheint: «Er hat kein Mittagessen gekriegt!»

Nun kommt er auf die Wiese hinaus. Da steht Kasper und wird eben von seiner Frau verprügelt. Und dort sagt ein Seemann den Dienstmädchen, Kanonieren, Gardisten und Gesellen aus dem «Glücksstern» ihre Zukünftigen voraus. Alle diese Leute hatten gut gegessen und sahen vergnügt aus; einen Augenblick lang fühlte er sich allen unterlegen, doch gleich darauf erinnerte er sich, dass dieses Volk hier ja keine Ahnung davon hatte, wie das ägyptische Lager befestigt war – und sofort bekam er wieder Oberwasser; es wollte ihm nicht in den Kopf, wie die Menschen so tief sinken können, dass sie sich an solch elendem Spektakel ergötzten, wie es diese Leute hier taten!

Unterdessen hatte er die Lust verloren, in anderen Restaurants sein Glück zu versuchen; er stieg gegen Novilla hinauf, am Tivoli und am Singelbacken vorbei. Dort tanzte die Jugend im Grünen zu einer Fiedel. Ein Stück weiter entfernt hatte sich eine Familie im Gras unter einer Eiche niedergelassen; der Mann, der Familienvater, kniete in Hemdsärmeln am Boden, barhaupt, in der einen Hand ein Bierglas, in der anderen ein Mettwurstbrot; sein fettes, fröhliches, wohl rasiertes Gesicht leuchtete auf vor Zufriedenheit und Wohlwollen, wenn er seine Gäste – Ehefrau, Schwiegereltern, Schwäger, die Angestellten, Dienstmädchen – ermahnte, zu essen, zu trinken und fröhlich zu sein, wo heute doch Mittsommer sei, den ganzen Tag lang; und der lustige Mann machte Späße, dass sich die Gesellschaft unter Lachsalven im Grase wälzte. Als dann Pfannkuchen serviert und mit den Fingern gegessen wurden und die Portweinflasche reihum ging, hielt der älteste Angestellte eine Rede, die bald so zu Herzen ging, dass die Frauenzimmer ihre Taschentücher hervorholten und der Hausherr den einen Schnurrbartzipfel in den Mundwinkel stopfte, bald so lustig war, dass Bravorufe und Gelächter den Redner übertönten. Da wurde der Magister düster, ging aber dennoch nicht weiter, sondern setzte sich auf einen Stein hinter eine Tanne, um «die Tiere» zu beobachten. Und als die Rede zu Ende war und man auf den Hausherrn und seine Frau getrunken hatte, was mit Hurrarufen, einem Fanfarenstoß auf der Ziehharmonika und dem Klappern aller leeren Teller und Schüsseln beendet wurde, erhob sich die Gesellschaft, um «Das letzte Paar»[20] zu spielen. Die Schwiegermutter verschwand hinter einem Haselbusch, um den Kleinsten hochzuhalten, und die Mutter selbst knöpfte den Mittleren die Hosen zu.

«Was für Tiere», dachte der Lehrer und wandte sich ab, denn das Natürliche war für ihn hässlich, weil das Schöne auch das Unnatürliche war, außer bei den «anerkannten» Bildern der Meister im Nationalmuseum.

Dann beobachtete er, wie die jungen Herren ihre Kittel auszogen und die Mädchen ihre Manschetten an die Hagedornbüsche hängten; sie bezogen Aufstellung und begannen darauf das Spiel.

Die Mädchen hoben die Röcke, sodass die Strumpfbänder, rote Aufhänger und blaue, wie man sie in der Gemischtwarenhandlung kauft, blitzten; und wenn der Kavalier seine Dame erhascht hatte, so drückte er sie recht fest an sich und drehte sich mit ihr im Kreis, sodass ihre Beine bis zu den Kniekehlen sichtbar wurden; und Alt und Jung lachte, dass es in den Hügeln widerhallte.

«Ist das Unschuld oder Korruption?», wunderte sich der Lehrer wieder. Aber sicherlich wusste die Gesellschaft nicht, was das gelehrte Wort «Korruption» bedeuten sollte, und deshalb waren die Leute fröhlich.

Als sie sich müde gelaufen hatten, war der Kaffee bereit. Der Magister konnte nicht verstehen, wo die Kavaliere gelernt hatten, mit den Damen so höflich zu sein; sie krochen auf allen vieren nach der Zuckerdose, dem Brotkorb, um die Mädchen zu bedienen, und die Schnallen ihrer schweißnassen Westen standen wie «Handgriffe» von ihren Rücken ab.

«Das sind die Männchen, die sich vor den Weibchen brüsten», dachte er, «aber wartet bloß!»

Doch da sah er den seelenvergnügten Gastgeber höflich seine alten Schwiegereltern, ja sogar seine Frau und alle Ladenburschen und Dienstmädchen bedienen, und wenn jemand sein Angebot ablehnte mit den Worten: «Der Herr soll sich selber zuerst bedienen», so antwortete dieser, dass für ihn bestimmt noch etwas übrig bleibe. Und dann sah er den Schwiegervater für den kleinen Jungen Weidenpfeifen schälen und die Schwiegermutter, die wie eine Magd das ganze Geschirr sauber spülen wollte. Es schien dem Lehrer, der Egoismus sei doch ein wunderliches Ding, wenn er so menschliche Formen annehmen und so aufgeteilt werden konnte, dass scheinbar alle gleich viel geben, wie sie nehmen; denn dass es sich um Egoismus handelte, das war ganz klar.

Danach spielten sie Pfandspiele, und jedes Pfand lösten sie mit Küssen ein – richtigen Küssen mitten auf den Mund, sodass es nur so knallte! Und als der lustige Buchhalter «im Brunnen stand»[21] und die große Eiche zu küssen hatte, tat er das ausgefallen komisch, indem er den dicken Stamm mit den Armen wie ein Mädchen bei einer Umarmung im Verborgenen umfing. Da wurde nun ganz hemmungslos gelacht, denn alle wussten wohl, wie man so etwas anfängt, wenn auch keiner dabei beobachtet werden will.

Der Lehrer, der das Schauspiel anfangs auf dem Felsen von seiner hohen Warte aus kritisch betrachtet hatte, wurde schließlich von der fröhlichen Stimmung mehr und mehr mitgerissen, sodass er sich der Gesellschaft fast zugehörig glaubte. Er vermochte gar ob der Dreistigkeit der Angestellten den Mund zu einem Lächeln zu verziehen, und der Gastgeber, der ein Kleinhändler zu sein schien, hatte im Verlauf einer Stunde seine Sympathie gewonnen. Gegen seinen Willen fühlte er sich allein vom Zuschauen gut gelaunt. Der Mann war aber auch wirklich ein Lustigmacher ersten Ranges. Er konnte «Katze schinden», «Krebsgang gehen», «Baumstamm liegen»[22], Münzen verschlucken, Feuer fressen und alle möglichen Vogelstimmen nachahmen. Und als er einem jungen Mädchen sogar einen Safrankuchen aus dem Mieder zog und ihn im rechten Ohr verschwinden ließ, da lachte der Magister, dass sein leerer Bauch hüpfte.

Und dann begann der Tanz. Der Lehrer hatte in Rabes Grammatik den gewissen Satz von Cicero gelesen, dass «Nemo saltat sobrius, nisi forte insanit»[23], und er hatte immer gefunden, Tanzen sei ein Ausbruch von Wahnsinn. Gewiss, er hatte schon junge

Hunde und Kälber tanzen sehen, wenn sie vergnügt waren, aber er glaubte nicht, dass Cicero seine Maxime auch auf Tiere bezogen hatte, und zwischen Tieren und Menschen hatte der Magister einen dicken Strich zu ziehen gelernt. Aber als er nun diese jungen Menschen nüchtern, aber satt und ohne Durst sich nach den schleppenden, aber taktsicheren Klängen der Harmonika drehen sah, war ihm, als ob seine Seele, durch seine Augen und seine Ohren ins Schwingen versetzt, in eine Schaukel geraten wäre, und zuletzt konnte er nicht umhin, mit seinem rechten Fuß sachte im Moos den Takt zu klopfen.

Nach drei Stunden erhob er sich. Es fiel ihm beinahe schwer, wegzugehen; es schien ihm wie ein Ausbruch aus einer fröhlichen Runde, denn er fühlte sich, als ob er zu ihnen gehöre. Seine Stimmung war milder geworden; er spürte einen inneren Frieden und eine behagliche Müdigkeit, wie wenn er sich gut vergnügt hätte.

Es war Abend geworden; von Zeit zu Zeit schleppte ein lackierter Wagen Damen vorüber, die in weißen Theatermänteln wie eingehüllte Leichen auf den Rücksitzen ruhten; sie waren weiß geschminkt und hatten Tuschestriche unter den Augen, denn es war eben modisch geworden, auszuschauen, wie wenn man gerade aus dem Grab gestiegen wäre. Seine neue Geistesverfassung ließ den Magister die Überlegung machen, dass sich diese Damen langweilen mussten, und er empfand keinen großen Neid. Aber unterhalb der breiten Landstraße, draußen in der großen Fahrrinne, kamen nun die Dampfschiffe mit Fahnen und Musik von ihren Lustfahrten zurück, und es wurde gespielt, gesungen, Hurra geschrien, dass es bis zum Tiergarten hinauf zu hören war.

Niemals in seinem Leben hatte sich der Magister so einsam gefühlt wie jetzt in diesem Menschengedränge, und er vermeinte zu spüren, wie die Leute ihn, der da so allein daherkam wie ein Hagestolz, voller Teilnahme betrachteten, und er tat sich selber auch leid. Er wäre gerne auf den ersten Besten zugegangen, nur um sprechen zu können und seine eigene Stimme wieder zu hören; in seiner Einsamkeit war ihm, ein Fremder gehe neben ihm. Und nun machte sich in seiner Erinnerung auch sein schlechtes Gewissen bemerkbar. Gustav, der Kellner, kam ihm in den Sinn, der im «Hasselbacken» seine Freude darüber, ihn zu sehen, nicht hatte zügeln können. Er war schon so weit zu wünschen, dass irgendjemand ihm entgegenkommen und seiner Freude, ihn zu treffen, Ausdruck geben möge! Aber niemand kam.

Doch! Als er im Schleppdampfer saß, näherte sich ein Hühnerhund, der seinen Herrn verloren hatte, und legte den Kopf auf sein Knie. Der Lehrer ertrug sonst Hunde nicht, aber diesen mochte er jetzt nicht wegjagen: So weich und warm war ihm am Knie, und das verlassene Tier blickte ihm so tief in die Augen – wie wenn es ihn darum bäte, ihm seinen Herrn zu finden.

Aber als sie bei der Neuen Brücke an Land kamen, ging der Hund seines Weges.

«Er braucht mich nicht mehr», dachte der Magister, begab sich nach Hause und ging schlafen.

*

Die unbedeutenden Begebenheiten dieses Mittsommertages hatten den Magister jedoch aus seiner Selbstsicherheit aufgerüttelt. Er begann nämlich einzusehen, dass dem Menschen alle Umsicht, alle Vorsorge, alle kluge Berechnung nicht genügte. Alles, was ihn umgab, schien ihm unsicher. Sogar sein Speiselokal – sein Zuhause – war nicht so zuverlässig, als dass er nicht plötzlich einmal vor geschlossener Tür stehen konnte. Auch eine gewisse Kälte von Gustavs Seite begann störend auf ihn zu wirken. Der Kellner war ebenso höflich wie früher, aufmerksamer denn je, aber die Freundschaft war zerstört, das Vertrauen gebrochen. Das machte den Lehrer argwöhnisch, und jedes Mal, wenn er ein hartes Stück Fleisch bekam oder zu wenig Kartoffeln, dachte er: «Ha, ha! Er rächt sich an mir!»

Es wurde ein schwieriger Sommer für den Magister; die Zweite Geige verreiste, und der Buchhändler blieb zumeist auf Mosebacken.

An einem Herbstabend saßen der Buchhändler und die Zweite Geige im Wirtshaus und tranken Grog, als der Magister mit einem Paket unter dem Arm eintrat, das er sorgfältig in einem leeren Flaschenkorb in der Kammer versteckte, wo man alten Plunder versorgte. Der Lehrer war mürrisch und ungewöhnlich nervös.

«Na, alter Blom», begann der Buchhändler etwa zum hundertsten Male, «willst du dich nicht endlich verheiraten?»

«Der Teufel soll heiraten! Hat man nicht so schon genug Kummer! Und warum heiratest du nicht selber?», gab der Magister bissig zurück.

«Ach, ich, ich habe ja meine alte Stava», antwortete der Buchhändler, der auf eine Menge Fragen eine Menge stereotyper Antworten bereithielt.

«Ich warr glicklich ver-eiratt», sagte der Pole. «Aber err isst nun tott. Husch!»

«Err isst nun tott», äffte ihn der Magister nach, «und der Herr ist Witwer – wie geht das auf?»

Der Pole verstand das Wortspiel nicht, nickte bloß zustimmend. Der Lehrer fühlte, dass die zwei ihn zu langweilen begannen. Das Gespräch nahm immer dieselbe Richtung, drehte sich um dieselben Dinge; und er kannte die Antworten auswendig.

Als er sich erhob, um draußen in der Garderobe eine Zigarre aus dem Mantel zu holen, lief der Buchhändler zum Kämmerchen und suchte des Magisters Paket hervor. Da es nicht versiegelt war, hatte er es bald aufgeklaubt und rollte nun ein prächtiges amerikanisches Nachthemd daraus hervor, das er mit Sorgfalt über die Stuhllehne des Magisters hängte.

«Husch!», sagte der Pole und grinste, wie wenn er etwas Unanständiges erblickt hätte.

Der Wirt, der einen guten Spaß schätzte, legte sich hinter den Ausschank und lachte laut; die Kellner blieben im Saal stehen, und bald steckte auch schon eine Köchin ihren Kopf durch die Luke.

Als der Magister wieder hereinkam und die Bescherung entdeckte, wurde er blass vor Wut und verdächtigte gleich den Buchhändler, aber als er Gustav in einer Ecke stehen und lachen sah, befiel ihn wieder seine fixe Idee: «Er rächt sich an mir!» Und ohne ein Wort zu sagen, packte er das Hemd zusammen, warf das Geld auf den Schanktisch und ging weg.

Von diesem Tag an bekam man den Lehrer bei «Rejners» nicht mehr zu sehen. Der Buchhändler hatte immerhin in Erfahrung bringen können, dass er im «Östermalmskeller» zu essen pflegte. Und dies entsprach auch den Tatsachen. Allerdings war er zutiefst unzufrieden. Das Essen war nicht schlecht, aber es war nicht zubereitet, wie er es gewohnt war. Die

Kellner waren nicht aufmerksam. Mehr als einmal war er versucht, zu «Rejners» zurückzukehren, aber sein Stolz verbot es ihm. Auf diese Weise war er nun also aus seinem Heim verstoßen worden, so war eine langjährige Bekanntschaft innerhalb von fünf Minuten in die Brüche gegangen.

Im Herbst traf ihn ein neuer Schlag. Fräulein Augusta hatte in Nyköping eine kleine Erbschaft gemacht und wollte Stockholm am 1. Oktober verlassen. Der Lehrer musste umziehen. Jeden Monat wechselte der Magister die Wohnung, denn nichts war ihm recht. Der eine Ort war nicht schlechter als der andere, aber eben: Es war nicht dasselbe! Er war so sehr gewohnt, seine altbekannten Wege zu gehen, dass er sich plötzlich wieder vor seiner früheren Wohnungstür stehen sah, bevor er seinen Irrtum bemerkte. Er war, mit einem Wort gesagt, verkommen. Schließlich mietete er sich in einer Pension ein, etwas, das er immer gehasst und wogegen er sich verwahrt hatte. Danach verloren die Bekannten seine Spur.

An einem Abend aber, unten bei «Rejners», sitzt der Pole allein und raucht, trinkt, nickt – mit der orientalischen Fähigkeit, in Gedankenlosigkeit zu versinken, die seiner Rasse eigen ist. Da stürzt der Buchhändler wie ein Sturm herein; er wirft den arg zerdrückten Hut auf die Theke und schreit: «Gott verdamm mich!

Gott verdamm mich! Habt ihr so was Unwahrscheinliches schon gehört?»

Der Pole erwacht aus seinem Cognac-und-Tabak-Nirwana und rollt seine Augen.

«Gott verdamm mich! Habt ihr das Unwahrscheinlichste schon gehört! Nun hat sich der wirklich und wahrhaftig verlobt!»

«Wer hat sich verlobt?», fragt der Pole, aufgeschreckt durch den zerknüllten Hut und den grimmigen Missbrauch des göttlichen Namens.

«Magister Blom!»

Der Buchhändler verlangt einen Grog als Belohnung für seine Neuigkeiten, und der Wirt muss hinter dem Schanktisch hervorkommen und sich erkundigen.

«Geht es ums Geld?», fragt er hinterlistig.

«Nein, ich glaube nicht», sagt der Buchhändler, der zum Helden geworden ist und mit seinen Gaben nur zögernd herausrückt.

«Isst sie scheen?», fragt der Pole. «Meine Frau, die war ja so scheen. Husch!»

«Nein, schön ist sie auch nicht», sagt der Buchhändler. «Aber sie sieht nett aus!»

«Haben Sie sie denn gesehen?», fragt der Wirt. «Ist sie schon alt?» Und er blickt sich um zur Küchenluke.

«Nein, ganz jung!»

«Und ihre Eltern?», fragt der Wirt weiter.

«Ihr Vater soll Sattler sein in Örebro.»

«Denkt euch, so ein Schelm!», meint der Wirt.

«Ja, das habe ich immer gesagt», sagt der Buchhändler. «Der Kerl war zum Ehemann geboren.»

«Das sind wir wohl alle ein bisschen», sagt der Wirt, «und glaubt es mir, keiner entgeht seinem Schicksal!»

Mit dieser weisen Regel beschließt er das Gespräch und geht zum Ausschank zurück.

Nachdem man sich darüber beruhigt hat, dass es sich nicht um Geld handelt, beginnt man Betrachtungen anzustellen, «wovon die leben werden». Und der Buchhändler errechnet überschlagsweise den Lohn des Magisters und «was er mit Stundengeben verdienen kann». Als auch diese Frage erledigt ist, will der Wirt Einzelheiten wissen. «Wo hat er sie getroffen? Ist sie blond oder dunkel? Liebt sie ihn?» Diese letzte Frage wird keineswegs ausgeschlossen; der Buchhändler «glaubt, dass *ja*», denn er hat gesehen, wie sie ihm diesen Abend vor einem Schaufenster an der Arsenalsstraße am Arm hing. – Ja, aber dass der, ein solcher Holzbock, sich verlieben konnte! Das eben war ganz unglaublich. Was würde das für einen Ehemann abgeben! Der Wirt wusste, dass er ganz «verdammt» heikel war mit dem Essen, und das dürfe man nicht, wenn man heiraten wolle (Blick zur Küchenluke!), und abends wolle er gerne seinen Grog haben. Glaubt er vielleicht, dass man jeden Abend Grog trinken darf, wenn man verheiratet ist? Und dann mochte er doch Kinder nicht leiden! «Puh», schnarrte er vor sich hin, «das kann niemals gut gehen! – Glaubt mir, das geht schlecht aus! Und dann will ich Ihnen noch etwas sagen, meine Herren» (hiermit erhob er sich, blickte rundum und fuhr im Flüsterton weiter), «ich glaube, hol mich der Teufel, der hatte auch irgendein geheimes Verhältnis, dieser alte Scheinheilige! Erinnern Sie sich nicht mehr, meine Herren, an jenen Abend mit – hihihi! – dem Nachthemd! Hähähä, hört, puh! Den Mann finden Sie nicht mehr, wo Sie ihn losgelassen haben. Auf den müssen Sie aufpassen, Frau Blom, geben Sie bloß acht! Man hat schon Schlimmeres gesehen im Leben! Aber was mich betrifft, ich hab nichts gesagt!»

Auf jeden Fall blieb die Tatsache bestehen, dass der Magister verlobt war und in zwei Monaten heiraten wollte.

Wie es weiterging, gehört nicht zu dieser Geschichte, und außerdem ist es schwer, sich ein richtiges Bild davon zu machen, was sich hinter den Klostermauern eines Heimes abspielt, wo das Schweigegelübde recht genau eingehalten wird.

Sicher indes ist so viel, dass von dieser Zeit an der Magister niemals mehr in einem Lokal gesehen wurde. Der Buchhändler, der eines Abends den Magister allein auf der Straße traf, bekam eine lange Vorlesung darüber zu hören, dass er sich verheiraten sollte. Ja, der Lehrer ging gar auf die Junggesellen los und sagte, sie seien Egoisten, die sich nicht fortpflanzen wollten, und dass man solche Kerle mit hohen Steuern belegen sollte, denn alle indirekten Steuern träfen zumeist den Familienvater; ja, er ging so weit zu fordern, dass das Gesetz den ganzen Junggesellenstand bestrafen müsste als ein Verbrechen «gegen die Natur». Der Buchhändler, der ein gutes Gedächtnis hatte, äußerte einige Befürchtungen, sein Geschick mit dem einer «Gans» zu vereinigen, worauf der Magister zur Antwort gab, dass *seine* Frau das gescheiteste Frauenzimmer sei, das er kenne.

Zwei Jahre danach hatte der Pole den Magister und seine Frau im Theater gesehen, und es «dinkte ihn, sie sehen glicklich aus. Husch!».

Drei Jahre später, an einem Mittsommertag, nahm der Wirt an einer Vergnügungsfahrt teil, die nach Mariefred hinausführte. Dort draußen beim Schloss, im grünen Gras, hatte er unseren Magister angetroffen, der einen Kinderwagen schob und einen Esskorb schleppte. Eine ganze Karawane von Herren und Damen, die «vom Land zu sein schienen», folgte ihm. Der Lehrer hatte nach dem Essen Lieder gesungen und mit den jungen Herren Bockspringen gespielt. Er sah zehn Jahre jünger aus und benahm sich gegenüber den Damen wie ein richtiger Kavalier. Der Wirt, der sich ganz in der Nähe der Gesellschaft aufhielt, hatte im Laufe des Mittagsmahls einen kleinen Dialog zwischen dem Herrn und der Frau gehört. Als die Frau dem Esskorb eine Schüssel Krebse entnahm, hatte sie Albert gebeten, nicht traurig zu sein; es sei ganz unmöglich gewesen, weibliche Krebse aufzutreiben, obschon sie ganz Munkbro durchforscht habe. Daraufhin hatte sie der Magister umarmt und geküsst und gesagt, dass er ebenso gerne männliche Krebse esse und dass er mit allem vollkommen zufrieden sei. Und als dann das Kleine im Wagen zu schreien begann, nahm es der Magister auf und trug es, bis es sich beruhigt hatte. All dies waren natürlich Kleinigkeiten, aber wie die Leute verheiratet leben konnten, wo sie schon als Junggesellen kaum zu leben vermochten, das blieb ein Rätsel. Nach alledem schien es wirklich so, als ob die Kinder, wenn sie zur Welt kommen, der Familie Nahrung zuführen. – Es schien so!

## Herbst

Seit zehn Jahren waren sie verheiratet. Glücklich? So glücklich, wie die Umstände es zugelassen hatten. Sie hatten am selben Strick gezogen, wie zwei gleich starke junge Ochsen, von denen jeder an seinem Seilende zieht.

Im ersten Jahr wurden natürlich eine Menge Illusionen über die Ehe als der absoluten Glückseligkeit begraben. Vom zweiten Jahr an kamen die Kinder, und die Mühseligkeiten des Alltags ließen nicht viel Zeit für Grübeleien.

Er war sehr häuslich, allzu häuslich vielleicht, und hatte in der Familie seine kleine Welt gefunden, deren Mittelpunkt er war; die Kinder waren die Radien, die davon ausgingen. Auch die Gattin versuchte, ein Mittelpunkt zu sein, aber niemals in der Mitte des Kreises, denn dort war der Platz des Mannes, und so geschah es, dass die Radien manchmal aufeinander-, manchmal auseinanderfielen und das Ganze sich deshalb nicht deckte.

Jetzt, im zehnten Jahr, wurde der Mann zum Sekretär der Gefängnisinspektion ernannt, und zu seiner neuen Arbeit gehörte es, herumzureisen. Das versetzte seinen häuslichen Gewohnheiten einen Stoß, und er empfand eine echte Unlust bei dem Gedanken, sein Heim für einen ganzen Monat verlassen zu müssen. Er wusste nicht genau, ob es seine Frau war oder die Kinder, die er am meisten vermissen würde; alle zusammen vielleicht.

Am Abend vor der Abreise sitzt er auf seinem Sofa und sieht der Frau beim Packen seiner Tasche zu. Sie kniet auf dem Boden und legt seine Wäsche hinein. Sie bürstet die schwarze Kleidung und faltet sie sorgfältig zusammen, damit sie möglichst wenig Platz wegnimmt; auf solcherlei verstand *er* sich nicht! Sie hatte ihre Stellung im Haus nie als die einer Dienerin, auch kaum als die einer Gattin betrachtet. Sie war Mutter: Mutter für die Kinder und für ihn. Sie fühlte sich nie erniedrigt, wenn sie ihm seine Strümpfe zu stopfen hatte, und begehrte niemals Dank; sie kam nicht auf die Idee, dass er deswegen in ihrer Schuld stehe, da er ja doch ihr und ihren Kindern neue Strümpfe und noch viel mehr gab, was sie sich sonst außer Hauses mit schwerer Arbeit hätte verdienen müssen, währenddessen ihre Kinder unbeaufsichtigt daheim geblieben wären.

Er saß in der Sofaecke und betrachtete sie. Jetzt, da der Abschied nahe war, stiegen kleine Vorgefühle dessen in ihm auf, was er entbehren würde. Er besah sich ihre Figur: Die Schulterblätter waren etwas nach auswärts gebogen, und der Rücken war etwas gekrümmt von der Arbeit über der Wiege, dem Bügelbrett und am Herd. Auch er war gebeugt von der Arbeit am Schreibtisch, und er hatte für seine Augen eine Hilfe benötigt. Aber jetzt dachte er wirklich nicht an sich. Er sah, dass ihre Zöpfe dünner waren als früher und dass beim Scheitel die Haare etwas lichter wurden. Hatte sie ihre Schönheit seinetwegen verloren? Allein seinetwegen? Nein, um der kleinen Gemeinschaft willen, die sie zusammen bildeten, denn sie hatte ja auch für sich gearbeitet. Sein Haar war im Kampf um sie alle am Scheitel ebenfalls dünner geworden. Er wäre vielleicht jugendlicher geblieben, wenn nicht so viele Münder gewesen und wenn er allein gewesen wäre; aber nicht einmal einen einzigen Augenblick lang hätte er die Einsamkeit vorgezogen.

«Es wird dir guttun, ein wenig hinauszukommen», sagte die Frau, «du bist wirklich zu oft in der Stube hinter der Arbeit gehockt.»

«Du bist froh, mich los zu sein, nicht?», sagte er, nicht ohne ein wenig Bitterkeit, «aber ich werde euch vermissen.»

«Du bist wie die Hauskatze, du vermisst deine warme Ecke, aber mich wirst du wohl nicht so arg vermissen.»

«Und die Kinder?»

«Ja, wenn du weg bist; bist du aber zu Hause, so meckerst du an ihnen herum, nicht allzu stark, aber immerhin! Ach nein, natürlich hast du sie lieb, denke ich; ich will nicht ungerecht sein.»

Am Abendtisch war er sehr mild gestimmt und fühlte sich schwermütig. Er las keine Abendzeitungen, sondern suchte das Gespräch mit seiner Frau, doch sie war von ihren Pflichten so sehr in Anspruch genommen, dass sie zum Plaudern nicht viel Zeit hatte, und außerdem hatten sich ihre Gefühle beim zehnjährigen Kampf in Kinderzimmer und Küche verhärtet.

Er war gefühlvoller, als er es zeigen wollte, und die Unordnung im Zimmer beunruhigte ihn. Er sah Stücke seines täglichen Lebens – seiner Existenz – kunterbunt durcheinandergeworfen auf Stühlen und Kommoden, und die offene schwarze Tasche starrte ihn an wie ein Sarg; weiße Wäsche umhüllte schwarze Anzüge, wo noch die Abdrücke seiner Knie und Ellbogen zu sehen waren, und es dünkte ihn, er liege selber dort im weißen gestärkten Hemd, bereit, mit dem Deckel über sich weggeführt zu werden.

Am folgenden Morgen, einem Augustmorgen, sprang er aus dem Bett, kleidete sich – der Hals war ihm wie zugeschnürt – an, und zwar in größter Nervosität. Er begab sich ins Kinderzimmer, küsste alle Kinder, die sich den Schlaf aus den Augen wischten, und nachdem er seine Gattin umarmt hatte, setzte er sich in die Droschke, um zum Bahnhof zu fahren. Die Reise in der Gesellschaft seines Vorgesetzten zerstreute ihn, und es war wirklich ein gutes Gefühl, wieder einmal etwas Neues zu unternehmen. Sein Heim lag hinter ihm wie eine stickige Schlafkammer, und er war geradezu vergnügt, als er in Linköping ankam.

Den Rest des Tages verbrachte man bei einem vornehmen Gefängnismahl im großen Hotel, wo man auf das Wohl des Landeshauptmanns trank, nicht aber auf das Wohl der Gefangenen, die doch der Zweck der Reise waren. Danach jedoch kam der Abend im einsamen Zimmer: ein Bett, zwei Stühle, ein Tisch, eine Waschkommode und ein Stearinlicht, das seinen schäbigen Schein auf die nackten Tapeten warf. Der Sekretär fühlte sich unbehaglich. Alles fehlte: die Pantoffeln, der Nachtrock, das Pfeifenbrett, der Schreibtisch – all die Kleinigkeiten, die Bestandteile seines Lebens waren. Und die Kinder, die Frau. Wie es ihnen wohl jetzt erging? Ob sie alle gesund waren? Er wurde unruhig und düster. Als er seine Taschenuhr aufziehen wollte, vermisste er den Uhrschlüssel. Dieser hing zu Hause, dort am Uhrtäschchen, das seine Frau ihm als Braut gestickt hatte. Er entschloss sich, zu Bett zu gehen, und zündete sich eine Zigarre an. Doch dann musste er wieder aufstehen und in der Tasche ein Buch suchen. Alles war so ordentlich hineingelegt, dass er Angst hatte, die Sachen durcheinanderzubringen. Aber wie er so herumsuchte, fand er die Pantoffeln! Sie dachte aber auch wirklich an alle und alles. Und dann kam ihm das Buch in die Hände! Aber er las nicht darin. Er lag nur da und dachte nach über die verflossene Zeit, an seine Frau, wie sie vor zehn Jahren gewesen war. Und so tauchte das Bild von damals vor ihm auf, und das gegenwärtige verschwand im blaubraunen Rauch der Zigarre, der in Kringeln zur stockfleckigen Decke emporstieg. Er empfand eine grenzenlose Sehnsucht. Jedes harte Wort, das seit damals gefallen war, verletzte schneidend sein Ohr, und er bereute jede bittere Stunde, die er ihr bereitet hatte. Schließlich schlummerte er ein.

Am nächsten Tag wieder Arbeit und noch ein Mahl – mit einem Prosit auf das Wohlergehen des Direktors, aber noch immer keins auf das Wohl der Gefangenen. Am Abend Einsamkeit, Leere, Kälte. Er verspürte das Bedürfnis, mit ihr zu sprechen. Er suchte also Papier hervor und setzte sich an den Schreibtisch. Aber schon beim ersten Federstrich hielt er inne. Was sollte er schreiben? «Liebe Mama», notierte er jedes Mal, wenn er einen Zettel mit der Nachricht nach Hause schickte, dass er auswärts esse. Jetzt aber schrieb er nicht an Mama, sondern an die frühere Braut, die Geliebte. Und so schrieb er: «Meine geliebte Lilly», wie früher. Anfangs ging es mühsam voran, denn wie viele schöne Worte waren aus der schwerfälligen, trockenen Sprache des täglichen, alltäglichen Lebens verschwunden! Aber bald wurde ihm warm, und nun stiegen sie aus der Erinnerung auf wie vergessene Melodien. Walzertakte und Romanzen-Fragmente, Flieder und Schwalben, Abendstunden mit Sonnenuntergang über spiegelblanken Fjorden: Alle Frühlingserinnerungen des Lebens tanzten in Sonnenkringeln hervor und ordneten sich in Gruppen um *sie* herum. Ganz unten auf die Seite setzte er einen Stern, wie Verliebte es tun, und daneben schrieb er – ganz wie früher – «Küsse hierhin». Als er den Brief beendet hatte und ihn durchlas, fühlten sich seine Wangen heiß an, und er war fast verlegen. Wie das kam, wusste er nicht zu sagen, aber ihm war, wie wenn er seine innersten Gefühle jemandem preisgäbe, der sie vielleicht nicht richtig verstand.

Doch er schickte den Brief ab.

Bevor die Antwort kam, vergingen ein paar Tage. Während der Wartezeit fühlte er sich wie ein Junge schüchtern und beschwert. Dann kam die Antwort. Er hatte den richtigen Ton getroffen, und dem Küchendunst und Kinderzimmerlärm entstieg Gesang, so klar und wohltönend, warm und rein wie erste Liebe. Und damit begann ein Austausch von Liebesbriefen. Jeden Abend schrieb er, und es kam vor, dass er darüber hinaus tagsüber noch eine Postkarte absandte. Seine Kameraden erkannten ihn nicht wieder. Er begann nämlich, seine Kleidung und sein Äußeres zu pflegen, sodass er in den Verdacht kam, eine Liebschaft zu unterhalten. Und er war wirklich verliebt – von Neuem verliebt! Er schickte ihr eine Fotografie, auf der er keine Brille trug, und sie schickte eine Locke ihres Haares. Beide waren kindlich in ihrer Ausdrucksweise, und er hatte farbiges Briefpapier gekauft, auf dem Tauben aufgedruckt waren. Nun, sie waren ja auch erst Menschen mittleren Alters – den Vierzigsten hatten sie noch nicht lange hinter sich –, selbst wenn die Mühen des Lebens es mit sich gebracht hatten, dass sie sich alt fühlten. Auch hatte er sie im vergangenen Jahr in der Ehe vernachlässigt, nicht so sehr aus Gefühlskälte, sondern aus Achtung, war sie doch die Mutter seiner Kinder.

Die Reise ging ihrem Ende entgegen. Nun begann ihn beim Gedanken an das Wiedersehen eine gewisse Unruhe zu plagen. Er hatte mit der Geliebten korrespondiert; würde er sie in der Mutter und Hausfrau wiederfinden? Er befürchtete, sich bei der Heimkehr getäuscht zu sehen. Er wollte sie weder mit dem Küchenhandtuch sehen noch mit den Kindern am Rockzipfel, wenn er sie umarmte. Sie mussten sich an einem anderen Ort treffen – allein. Ob sie ihm zum

Beispiel nach Vaxholm entgegenkommen würde, ins Gasthaus, wo sie während ihrer Verlobungszeit so viele fröhliche Stunden verbracht hatten? Das wäre eine Idee. Und dort noch einmal zwei Tage lang in der Erinnerung die vergangene erste frohe Zeit von Frühlingstagen erleben – eine Zeit, die niemals zurückkehren wird.

Er setzte sich und legte seinen Vorschlag in einem langen glühenden Brief dar, den sie umgehend und in bejahendem Sinn beantwortete, glücklich darüber, dass er dieselbe Idee gehabt hatte wie sie.

Zwei Tage später war er in Vaxholm und brachte das Zimmer im Gasthaus in Ordnung. Es war ein schöner Septembertag. Allein im großen Saal nahm er seine Mahlzeit ein, trank ein Glas Wein und fühlte sich wieder jung. Hier war es so hell und luftig, draußen lagen die Buchten so blau; nur die Birken hatten ihre Farbe gewechselt. Im Garten standen die Dahlien noch in voller Blüte, und die Reseden dufteten an den Einfassungen der Beete. Die eine und die andere Biene besuchte noch die austrocknenden Kelche, wandte sich dann aber enttäuscht wieder ihrem Stock zu. Im Sund fuhren Segler bei schwacher Brise ein und aus, und beim Wenden flatterten die Segel, klatschten die Schoten, und die Möwen flogen erschrocken und schreiend vor den Strömlingsfischern weg, die in ihren Booten saßen und angelten.

Er trank seinen Kaffee auf der Veranda und wartete auf das Dampfboot, das um sechs Uhr ankommen sollte.

Unruhig, wie wenn er etwas Unbekanntes vor sich hätte, ging er auf dem Balkon hin und her, spähte auf den Fjord und den Sund hinaus in Richtung der Stadt, um gewiss zu sein, dass er das Boot sichte.

Endlich stieg über dem Tannenwald von Tenöland Rauch auf. Sein Herz begann leise zu klopfen, und er trank einen süßen Schnaps. Darauf ging er zum Strand hinunter. Nun waren die Kamine mitten auf dem Sund sichtbar, und bald erblickte er auch die Flagge auf der Vorderstange. War sie an Bord, oder war sie etwa verhindert worden? Es hätte schon genügt, dass eines der Kinder ein wenig unwohl ist, damit sie zu Hause blieb; in diesem Fall müsste er die Nacht allein im Hotel verbringen. Die Kinder, welche in den letzten Wochen unwichtig geworden waren, stiegen nun vor ihm auf wie etwas, das ihn von ihr trennte. In ihren letzten Briefen hatten sie sehr wenig von den Kindern gesprochen, wie wenn sie etwas Störendes, etwas, das nicht Zeuge sein durfte, hätten fernhalten wollen.

Er ging stapfend auf der Bootsbrücke herum, die unter seinen Füßen knarrte, bis er plötzlich bewegungslos bei einem Pfosten stehen blieb, starr dem Boote entgegenblickend, dessen Schaufeln immer größer wurden und dessen Kielwasser sich wie eine Flut schmelzenden Goldes über der blauen, leicht gekräuselten Wasserfläche ausbreitete. Er sah, wie die Leute sich auf dem oberen Deck bewegten und Matrosen, die sich im Vorschiff an den Seilen zu schaffen machten.

Und dann rührte sich etwas Weißes, oben neben dem Steuerhaus. Er ist allein auf der Landungsbrücke; einem anderen als ihm kann man wohl nicht winken, und jemand anderer als sie kann ihm nicht winken. Er greift nach seinem Taschentuch und erwidert den Gruß, und da stellt er fest, dass sein Taschentuch nicht weiß ist, denn seit Langem schafft er sich bunte an – aus Sparsamkeit. Das Dampfboot gibt ein Hupsignal, und die Maschine wird langsamer; das Fahrzeug gleitet der Landebrücke zu; und er erkennt sie. Sie begrüßen sich mit den Augen, aber der Abstand verhindert noch, dass sie Worte wechseln. Das Boot legt an. Er sieht, wie sie langsam über den Landungssteg vorwärtsgedrängt wird. Sie ist es, und doch ist es nicht *sie*. Zehn Jahre liegen dazwischen! Die Mode hat sich geändert, der Schnitt der Kleider ist anders geworden. Früher war ihr feines dunkles Gesicht zur Hälfte von der damals üblichen Haube eingefasst, welche die Stirn freiließ; nun war es beschattet von der hässlichen Nachahmung eines Männerhuts. Damals zeichnete sich ihre hübsche Gestalt in kleinen spielerischen Linien unter dem so schön gefältelten Festumhang, der schelmisch die Rundung der Schultern und die Bewegungen der Arme verbarg und hervorhob; nun war die ganze Figur verunstaltet von einem langen Kutschermantel, unter dem sich wohl die Kleider abzeichneten, nicht aber die Gestalt; und wie sie den letzten Schritt auf dem Landungssteg machte, sah er ihren kleinen Fuß, in den er so verliebt gewesen, als er einst in einem Knopfstiefelchen steckte, das die Form des Fußes betonte; jetzt war er lang gestreckt in einen chinesischen Spitzschuh gezwängt, der es dem Fuß nicht erlaubt, sich in seinen tanzenden Rhythmen zu heben, die damals sein Entzücken waren.

Sie war es, und doch war sie es nicht! Er umarmte und küsste sie. Sie fragten einander, wie es ihnen ergangen sei, und er erkundigte sich nach den Kindern. Und darauf gingen sie den Strand entlang.

Die Worte fielen knorrig, trocken und gezwungen. Wie wunderlich! Als ob sie sich voreinander geschämt hätten; und es gab nicht *eine* Anspielung auf ihren Briefwechsel.

Schließlich nahm er seinen ganzen Mut zusammen: «Wollen wir einen Spaziergang machen, bevor die Sonne untergeht?»

«Ja, gerne», sagte sie und nahm seinen Arm.

Sie gingen die Straße hinauf und ins Städtchen hinein. Die Läden aller Sommerhäuser waren geschlossen, die Gärten abgeerntet. Der eine oder andere Apfel, der sich hinter einem Blatt versteckt gehalten hatte, hing noch am Baum, aber die Blumenbeete waren alle geplündert. Die Veranden, wo nun die Sonnenstoren fehlten, sahen Skeletten gleich, und wo man früher Gesichter gesehen und fröhliches Lachen gehört hatte, war es jetzt still.

«Es sieht so herbstlich aus», sagte sie.

«Ja, schauerlich, die Sommerhäuser so zu sehen.»

Und sie wanderten weiter.

«Komm, schauen wir, wo wir damals wohnten», sagte sie.

«Ja, das wird nett sein.»

Und sie nahmen den Weg zur Badeanstalt.

Dort lag nun die kleine Sommerhütte – eingeklemmt zwischen dem Häuschen des Gärtnermeisters und jenem des ersten Lotsen – mit ihrem roten Lattenzaun, ihrer Veranda und dem Stückchen Land.

Erinnerungen an frühere Zeiten tauchten auf: In jener Kammer dort war der Älteste geboren. Jubel und Fest! Gesang und Jugend! Dort stand der Rosenbusch, den sie gepflanzt hatten. Dort lagen die Erdbeerbeete, die sie angelegt hatten, nein – sie waren nicht mehr dort; alles war zu einer Wiese verwachsen. Dort, an den Eschen, sah man noch die Spuren der Schaukel, die es nicht mehr gab.

«Danke für deine schönen Briefe», sagte sie und drückte seinen Arm.

Er errötete und wusste keine Antwort. Dann kehrten sie zum Hotel zurück, und er erzählte Einzelheiten von seiner Reise.

Er hatte ihren Tisch im großen Saal decken lassen, ihren Tisch, wo sie damals zu sitzen pflegten. Ohne Tischgebet setzten sie sich nieder.

Und nun waren sie wieder unter vier Augen. Er reichte den Brotkorb und bot ihr Brot an. Sie lächelte. Seit Langem war er nicht mehr so höflich gewesen. Es war ganz neu und amüsant, in einem Gasthaus zu essen, und bald ergab sich ein angeregtes Gespräch, das einem Duett glich, wo der eine einsetzt, der andere eine Erinnerung einwirft – und sie lebten in ihren Erinnerungen. Ihre Blicke glänzten, und die kleinen Furchen auf den Gesichtern glätteten sich. Oh, du goldene, rosenrote Jugendzeit, die man nur einmal durchlebt – wenn überhaupt – und die so viele, viele nie erleben! Als sie bei der Nachspeise waren, flüsterte er der Kellnerin etwas zu; gleich darauf kam sie mit einer Flasche Champagner herein.

«Lieber Axel, woran denkst du auch?», sagte die Frau halb vorwurfsvoll.

«Ich denke an den entschwundenen Frühling, der wiederkommen soll.»

Aber er dachte nicht ausschließlich an ihn. Beim

leisen Vorwurf der Frau stieg – wie eine Katze, die durch den Raum schleicht – ein dunkles Bild von Kinderzimmer und Milchgrießschüssel in ihm hoch.

Aber bald klärte sich seine Laune wieder auf, und der rosenrote Wein rührte erneut an die Saiten der Erinnerung; und sie ließen sich vom Zauberrausch des Vergangenen wieder mitreißen.

Er saß da, die Ellbogen auf den Tisch gestützt und die Hand vor den Augen, wie wenn er von der Gegenwart nicht gestört werden wollte, von diesem Gegenwärtigen, das er doch eben noch gesucht hatte.

Die Stunden zerrannen. Sie erhoben sich und gingen in den Salon, wo das Klavier stand, um den Kaffee zu trinken.

«Ich möchte wissen, wie es meinen Kleinen geht», sagte die Frau, die zuerst aus dem Rausch erwachte.

«Setz dich und sing», sagte er und schlug den Deckel des Instrumentes auf.

«Was soll ich singen? Du weißt doch, dass ich seit Langem nicht mehr gesungen habe.»

Ja, das wusste er, aber nun wollte er ihren Gesang hören.

Sie setzte sich und präludierte; es war ein schrilles Gasthausklavier, das Töne von sich gab, die wie durch ein schlechtes falsches Gebiss zu kommen schienen.

«Was soll ich singen?», fragte sie und drehte sich auf dem Klavierstuhl.

«Das weißt du doch, Lilly», antwortete er und wagte nicht, ihren Blick zu erwidern.

«Dein Lied! Ja! Wenn ich mich noch erinnern kann!»

Und sie sang: «Wie mag das Land wohl heißen, wo mein Geliebter wohnt.» Aber ach, die Stimme war dünn und schrill, und die Rührung machte sie unrein. Zeitweise war sie wie ein Schreien anzuhören, aus der Tiefe der Seele, die erkennt, dass der Mittag vorbei ist und der Abend naht. Die Finger, die harte Arbeit geleistet hatten, konnten die richtigen Töne nicht so leicht finden, und das Instrument war ausgeleiert; der Filz des Hammerwerks war abgenutzt; das rohe Holz klopfte auf die Metallsaiten.

Als das Lied zu Ende war, wagte sie eine ganze Weile nicht, sich umzuwenden; es war, wie wenn sie darauf wartete, dass er zu ihr komme und ihr etwas sage. Aber er kam nicht, und es war still im Zimmer. Als sie sich auf dem Stuhl umwandte, saß er auf dem Sofa und weinte. Sie wollte aufspringen, ihm entgegen, seinen Kopf zwischen ihre Hände nehmen und ihn küssen wie früher, aber sie blieb sitzen, bewegungslos, die Augen gesenkt.

Er hielt eine unangezündete Zigarre zwischen Daumen und Zeigefinger. Als er hörte, dass alles still wurde, biss er die Spitze ab und zündete ein Streichholz an.

«Danke, Lilly», sagte er und qualmte. «Willst du jetzt Kaffee trinken?»

Sie tranken ihren Kaffee und sprachen ganz allgemein über die Sommerferien und wo sie nächstes Jahr logieren wollten. Aber das Gespräch trocknete langsam aus, und man fing an, sich zu wiederholen.

Schließlich sagte er mit einem langen, unverhohlenen Gähnen: «Nun gehe ich zu Bett!»

«Das will ich auch», sagte sie und stand auf. «Aber zuerst möchte ich etwas hinausgehen – auf den Balkon.»

Er begab sich ins Schlafzimmer. Die Frau blieb noch eine Zeit lang im Speisesaal und plauderte mit der Wirtin über Perlzwiebeln; und darauf verirrte sich das Gespräch ins Waschen von Wolle, was eine halbe Stunde in Anspruch nahm.

Als sie wiederkam, blieb sie bei der Schlafzimmertür stehen und horchte. Drinnen war alles still, und die Stiefel standen vor der Tür. Sie klopfte, aber niemand gab Antwort. Da öffnete sie die Tür und trat ein. Er schlief.

Er schlief!

*

Am folgenden Morgen, als sie am Frühstückstisch saßen, hatte der Herr Kopfschmerzen, und die Frau machte sich Sorgen.

«Puh, was für ein Kaffee», sagte er und schnitt eine Grimasse.

«Brasilianischer», sagte sie.

«Was machen wir heute?», fragte er und zog die Uhr heraus.

«Du solltest dir ein anständiges Sandwich bestellen», meinte die Frau, «statt hier an deinem Kaffee herumzunörgeln.»

«Ja, das will ich tun», sagte er, «und einen kleinen Schnaps dazu. Dieser Champagner, brrr!»

Er erhielt seine belegten Brote und die Branntweinflasche; seine Laune hellte sich auf.

«Nun steigen wir auf den Lotsenberg und sehen uns die Aussicht an.»

Sie erhoben sich und gingen hinaus. Das Wetter war herrlich, und der Spaziergang tat gut. Aber das Hinansteigen war mühsam, die Frau atmete schwer, und die Knie des Herrn waren steif. Man stellte keine Vergleiche mit früheren Zeiten an.

Darauf gingen sie zu den Weiden hinüber.

Die Wiesen waren seit Langem gemäht und danach so stark beweidet worden, dass auch nicht eine Blume zu sehen war. Sie setzten sich, jeder auf einen Stein.

Er begann von der Gefängnisinspektion zu sprechen und vom Amt. Sie von den Kindern.

Darauf gingen sie noch ein Stück, ohne zu reden. Er zog seine Uhr heraus.

«Es bleiben noch drei Stunden bis zum Essen.»

Und danach dachte er: «Ich möchte bloß wissen, was wir hier morgen noch machen werden.»

Sie kehrten zum Hotel zurück. Er begann nach Zeitungen zu suchen. Sie lächelte und saß schweigend an seiner Seite.

Das Essen verlief recht still. Schließlich nahm die Frau das Dienstboten-Thema auf.

«Also hör, lass uns um Gottes willen mit den Dienstmädchen in Ruhe», brauste er auf.

«Ja, wir sind nicht hierhergekommen, um uns zu streiten», antwortete sie.

«Habe *ich* gestritten?»

«Ja, ich nicht!»

Es entstand eine schlimme Pause. Jetzt hätte er gewünscht, einen Dritten dabeizuhaben. Die Kinder! Ja! Dieses Tête-à-Tête fing an, ihm beschwerlich zu werden. Und als er an die hellen Stunden des vergangenen Tages zurückdachte, fühlte er einen Stich im Herzen.

«Gehen wir zum Eichenhang, um Erdbeeren zu pflücken», sagte sie.

«Aber es gibt doch keine Walderdbeeren mehr zu dieser Jahreszeit, lieber Schatz! Es ist Herbst!»

«Gehen wir trotzdem!»

Und sie machten sich wieder auf den Weg. Aber es wollte kein Gespräch entstehen. Er suchte mit den Augen nach einem Gegenstand, einer Stelle des Weges, über die sie hätten sprechen können, aber alles war ausgetrocknet, alles schon gesagt. Sie kannte seine Ansichten über alles, und einen großen Teil davon billigte sie nicht. Außerdem drängte es ihn jetzt nach Hause – heim zu den Kindern und in die Wohnung. Was für ein Unsinn, hier wie eine schlechte Theaterfigur herumzugehen und jeden Augenblick einem Streit ausgesetzt zu sein. Schließlich blieben sie stehen, denn die Frau war müde. Er setzte sich, machte mit seinem Stock eine Zeichnung in den Sand und wünschte, sie würde ihm Anlass zu einem Ausbruch geben.

«Woran denkst du?», fragte sie schließlich.

«Ich?», antwortete er, wie von einer Bürde befreit. «Ja, das denke ich: Wir sind alt geworden, Mama, wir haben ausgespielt und müssen uns zufriedengeben mit dem, was gewesen ist. Wenn du denkst wie ich, so fahren wir mit dem Abendboot nach Hause. Nicht?»

«Das habe ich die ganze Zeit über schon gedacht, mein Alter, aber du musstest deinen Willen haben.»

«Na komm, dann fahren wir nach Hause. Der Sommer ist vorbei, es ist Herbst.»

«Ja, es ist Herbst!»

Leichten Schrittes kehrten sie zurück. Er war ein wenig verlegen, weil die Geschichte eine so ganz prosaische Wendung genommen hatte, und er hatte das Bedürfnis, dem Sachverhalt eine philosophische Auslegung zu geben.

«Siehst du, Mama», sagte er, «meine Lie…, hm» (das Wort war zu stark), «meine Zuneigung zu dir hat im Verlaufe der Jahre, wie man heutzutage sagt, eine Evolution durchgemacht. Sie hat sich weiterentwickelt, amplifiziert gewissermaßen, sodass, nachdem sie anfangs auf ein Individuum bezogen war, sie seither ihr Ziel in der Familie als Kollektivität gefunden hat. Sie gilt nun nicht mehr dir persönlich, nicht den Kindern, sondern dem Ganzen …»

«Oder wie unser guter Onkel immer gesagt hat: Kinder sind Blitzableiter!»

Er war nach seiner philosophischen Erklärung wieder er selbst geworden. Es war befreiend, den Sonntagsrock abzulegen; es war ihm danach, als ob er wieder seinen gewohnten Schlafrock anziehe.

Als sie zum Hotel zurückkamen, machte sich die Frau sogleich ans Kofferpacken – sie war wieder in ihrem Element.

Und sobald sie sich an Bord des Schiffes befanden, begaben sie sich in den Speisesaal hinunter. Anstandshalber hatte er immerhin erst gefragt, ob sie sich den

Sonnenuntergang ansehen wollten, was sie aber abgelehnt hatte.

Beim Nachtessen bediente er sich zuerst, und sie fragte die Serviererin, was das Brot koste.

Als er sich satt gegessen hatte und ein Glas Porter zum Mund führte, konnte er einen Gedanken, der ihn schon einige Zeit amüsiert hatte, nicht länger für sich behalten: «Na, alte Tante!», sagte er und lachte seine Frau, die eben einen Bissen zu sich nahm und zu ihm hinüberschaute, an.

Doch sie lachte nicht zurück in sein glänzendes, fettiges Gesicht: Ihre Augen, die eine Sekunde aufgeblitzt hatten, nahmen einen so vernichtend würdevollen Ausdruck an, dass er ganz verlegen wurde.

Der Zauber war gebrochen, die letzte Spur der Geliebten verschwunden; er saß einsam neben der Mutter seiner Kinder und fühlte sich verstoßen.

«Weil ich einen Augenblick lang närrisch war, sollst du mich nicht gering schätzen», sagte sie ernst. «In der Zuneigung des Mannes liegt ein gut Teil Verachtung, das ist sonderbar.»

«Und in der Neigung der Frau etwa nicht?»

«Noch viel mehr! Das ist wahr! Aber sie hat auch mehr Gründe dazu.»

«Weiß Gott! Es kommt wohl zuletzt alles aufs selbe heraus, auch wenn es nicht dasselbe ist. Aber wahrscheinlich haben beide unrecht. Was man schwer erworben hat, überschätzt man gern, und mit der Zeit wird es leicht Gegenstand der Geringschätzung.»

«Warum überschätzt man es?»

«Warum ist es so schwer zu erwerben?»

Das Dampfhorn über ihren Köpfen brach das Gespräch ab.

Sie waren angekommen.

Als sie ihr Heim wieder betraten und er sie inmitten der Kinderschar sah, da fühlte er bald, dass seine «Zuneigung» zu ihr sich gewandelt hatte und dass ihre Zuneigung zu ihm sich auf all diese kleinen Schreihälse übertragen und verteilt hatte. Möglich, dass sie ihm ihre Zuneigung nur als Mittel zum Zweck geschenkt hatte. Seine Rolle war doch von ganz vorübergehender Art, und darum fühlte er sich ausgeschlossen. Brauchte man ihn nicht zur Brotbeschaffung, so hätte man ihn schon längst vor die Türe gesetzt.

Er ging in sein Arbeitszimmer, zog seinen Schlafrock und die Pantoffeln an, rüstete sich seine Pfeife und fühlte sich wieder zu Hause.

Draußen peitschte ein Regen im starken Wind, und es pfiff in den Rohren der Kachelöfen.

Die Frau kam herein, als die Kinder im Bett lagen. «Kein Wetter, um Walderdbeeren zu pflücken», sagte sie.

«Ja, meine Gute, der Sommer ist vorbei, und es ist Herbst.»

«Ja, es ist Herbst», antwortete sie, «aber noch ist es nicht Winter; immerhin ein Trost.»

«Ein Trost! Schwacher Trost, wenn man nur einmal lebt!»

«Zweimal, wenn man Kinder hat, dreimal, wenn man seine Enkel zu sehen bekommt!»

«Aber dann ist richtig Schluss.»

«Sofern es nicht nach diesem noch ein Leben gibt.»

«Da gibt es keine Sicherheit! Aber wer weiß? Ich glaube daran; doch mein Glaube ist kein Beweis!»

«Schon, aber schön ist es, daran zu glauben: Glauben wir es doch; glauben wir, dass für uns der Frühling noch einmal kommen kann! Glauben wir daran!»

«Ja, wir wollen es glauben», sagte er und legte seinen Arm um ihre Taille.

# Anmerkungen

1 Ein Kartenspiel für drei Personen.

2 Bei Kidron handelt es sich um ein Tal oder einen Wadi zwischen Jerusalem und dem Ölberg, vermutlich der städtische Begräbnisort (2 Kön 23,6 und Jer 31,40). Zur Zeit des Alten Testaments wurde Kidron als verunreinigt betrachtet: Nach 1 Kön 15,13 verbrannte Asa dort das Götzenbild seiner Mutter, nach 2 Kön 23,4.6.12 Josia die Symbole des Götzendienstes.

3 Die angegebene Bibelstelle handelt nicht vom himmlischen Ursprung der Liebe.

4 Platons Dialog ist nicht in Bücher, Kapitel und Paragrafen eingeteilt.

5 Im norweg. Original *Et dukkehjem (Ein Puppenheim)*, im dt. mit *Nora. Ein Puppenheim* übersetzt: 1879 am Kongelige Teater in Kopenhagen uraufgeführtes Enthüllungsdrama von Henrik Ibsen (1828–1906), in dem sich die leichtlebige Nora Helmer als Ehefrau zum Püppchen degradiert sieht, zusehends vereinsamt und am Ende bitter desillusioniert Mann und Kinder verlässt.

6 Der Nullmeridian von Greenwich löste den 1634 eingeführten von Ferro erst 1884 ab.

7 Von Strindberg konstruierter Seemannsausdruck ohne echten seetechnischen Inhalt.

8 Frz. «Es gibt Dinge, die man tut, aber die man nicht ausspricht.»

9 Frz. «Die kleine Hündin will, aber der große Hund will nicht.»

10 Anspielung auf das schwed. Volksmärchen *Kleine Rosa und Große Leda*.

11 Historische Residenz, heute Hauptstadt der indones. Provinz Jawa Timur.

12 Frz. «Sind das nicht dieselben Bedingungen?»

13 Dt. bei Strindberg: stehende Wendung im Schwedischen, Verballhornung für: «Hat man so etwas je gesehen?»
14 In der Folge der Russifizierung nach dem poln. Januaraufstand von 1863.
15 Frz. Gesellschaftstanz aus einem zeitgenössischen Bühnenstück, dessen Urheber nicht eruiert werden konnte.
16 Herrscher aus dem Geschlecht Holstein-Gottorp (1748–1818), von 1809 bis zu seinem Tod König von Schweden, ab 1814 als Carl II. auch König von Norwegen.
17 Romantische Oper von Carl Maria von Weber (1786–1826), uraufgeführt 1821 (op. 77).
18 Frz. «Mägde».
19 Scherzhaft für Kellner.
20 Ein Laufspiel.
21 Pfandspiel, bei dem sich eine Person durch eine Leistung – in diesem Fall: Küssen – «aus dem Brunnen», d. h. dem fiktiven Gefängnis, befreien muss.
22 Pantomimische Spiele.
23 Lat. «Keiner tanzt in nüchternem Zustand, es sei denn, er ist verrückt.» (aus Cicero, *Pro Murena*, 13).

## Nachwort

Am 1. August 1886 zieht der siebenunddreißigjährige Strindberg mit seiner Familie nach Weggis am Vierwaldstättersee. Er kommt von Grez, einem Dorf in der Nähe von Paris, quartiert sich im Vorsommer bei seinem Freund Heidenstam, einem nachmals Großen der schwedischen Literatur, auf Schloss Brunegg ein, wohnt darauf mit seiner Familie in dessen Nähe in Othmarsingen, wo die heftige Freundschaft zu dem jungen Aristokraten bald in ebenso heftigen Hass umschlägt, und lässt sich nun in der Zentralschweiz nieder. «Wunderschön», schreibt er seinem Verleger Bonnier nach Hause, «fast so schön wie die Insel Skurusund.» Und er fügt hinzu: «Ich vertrage das Reisen in keiner Weise. Aber wenn ich drei Monate lang auf demselben Fleck gesessen habe und das Auge sich vor allem zu ekeln beginnt, so muss ich weiterreisen. Wenn man doch eine bewegliche Landschaft erfinden könnte!» Und schon einige Wochen später ist er wieder unterwegs, diesmal mit einem jungen Freund auf Fotoreportagereise – für die Zeit ein ganz neuartiges Unterfangen – zum Studium der französischen Bauern. In wenigen Wochen legt Strindberg an die viertausend Kilometer in der Eisenbahn zurück und unternimmt lange Fußmärsche und Reisen im Wagen. Schon nach vierzehn Tagen allerdings schickt Strindberg seinen Freund unter den unmäßigsten Anklagen weg, während er selbst munter und wie neugeboren in die Schweiz zurückkehrt. Am 30. September zieht die Familie weiter nach Gersau und Anfang 1887 in die Nähe von Lindau am Bodensee. Kein Wunder, dass diese äußerste Hektik, die ständigen Wechsel der Bindungen und Freundschaften, die Ortswechsel auch der Familie nicht bekommen und die Reibereien zwischen den Gatten immer dramatischer werden.

Wer ist dieser Reisende, der es an keiner Station seines Lebens lange aushält, der keine steten und bleibenden Bindungen einzugehen fähig ist? Weder die Zeitgenossen noch die Nachfahren haben sich darüber einigen können. An Selbstdeutungen und Selbstdarstellungen des Dichters mangelt es uns allerdings nicht. Da sind etwa die Fotografien aus seiner Gersauer Zeit, wo er sich mithilfe der neuesten Erfindung – des Selbstauslösers – selbst porträtiert. Da steht zum Beispiel Strindberg mit einem Florett in der Hand vor seinem Hause, aufrecht, gespannt, in voller Körperbeherrschung, den Blick herausfordernd auf den erwarteten Gegner gerichtet: Wer es wagt, möge sich nähern und den Kampf mit mir aufnehmen! Strindberg will seine Bilder «impressionistische Fotos» genannt wissen, aber der Verdacht liegt nahe, dass der Theatermann seinen Auftritt, genauso wie frühere Atelieraufnahmen, sorgfältig inszeniert hat. Man erinnert sich an einen Brief, in dem Strindberg seinem Freund Carl Larssen zu dessen unpräzisen Illustrationen in dem kulturhistorischen Werk *Das Schwedische Volk* schreibt: «Waldarbeiter. Hei! Feind der Gesellschaft (Aug. Strindberg) steht am Waldrand, ballt die Faust zu einem brennenden Dorf hinüber, das er angezündet hat; hält in der anderen seine Geliebte um den Leib.»

Das Bild stammt aus der Zeit seiner frühen schriftstellerischen Tätigkeit, wo er, dem Kreis des sozialdemokratisch gesinnten «Jungen Schweden» nahestehend, für eine neue Gesellschaft ficht und sich schnell einen soliden, aber auch umstrittenen Namen macht. Wenn er diesen Freundeskreis bald einmal verlässt, spricht dies dafür, dass ihn die politischen Ideen nicht um ihrer selbst willen interessieren, sondern ihm bloß Mittel sind zu dem Ziel, ein alle überragender Dichter zu werden, den man bewundernd fürchtet. Eine seiner Lieblingsfiguren wird der Renaissance-Mensch, der kraftvoll alles weiß, alles kann; und in dieser Pose will sich Strindberg auch auf der Fotografie verewigt sehen.

Auf dieselbe Weise, wie er die Ideale seiner sozialistischen Freunde zum eigenen Zweck verwendet und sie danach fallen lässt, wird er es mit seiner Familie halten, wenn er 1888 in seinem Roman *Le plaidoyer d'un fou* den Zerfall einer Ehe schildert, indem er sich sklavisch an das Material seines eigenen Lebens hält; er hatte gar zusätzliche Krisen in der eigenen Ehe inszeniert und im Leben vorgeprobt, um sie in seinem Werk möglichst wirklichkeitsgetreu verwenden zu können. «Eine Leiche im Gepäck – gleichgültig welche», schreibt er nach Abschluss seines Romans: Er hatte seine Frau und seine Familie dem künstlerischen Zweck geopfert. Es überrascht nicht, dass Strindberg 1888 mit Nietzsche in direkten Kontakt tritt, in dessen extremem Selbstbewusstsein er sich wiedererkennt. Strindbergs Interpretation von sich selbst als eines starken Mannes ist wohl ein Wunschbild, das er in seiner Dichtung ausformt.

Eine weitere Gersauer Fotografie vermittelt uns von Strindberg ein anderes Bild. Des Dichters Kopf liegt auf seinen gefalteten Händen auf der Schreibtischplatte, das Gesicht ist verdeckt; sichtbar bleibt nur das üppige gewellte Haar. Ist es ein Bild der Verzweiflung, der Erschöpfung? Das Bild des Leidenden, eines Opfers im Dienste seiner Dichtung? Auch für eine solche Interpretation seiner Persönlichkeit hat der Dichter in manchem seiner Werke gesorgt. Da ist vor allem der «autobiografische» Roman *Der Sohn einer Dienstmagd*, 1885 begonnen in Paris, in welchem Strindberg – was Dekor und Einzelheiten betrifft, in enger Anlehnung an seine eigene Jugend das Bild eines ausgestoßenen Kindes der sozialen Unterschicht beschreibt und sich damit nachträglich das Recht zum Aufstand gegen die etablierte Gesellschaft verschafft. Er nannte die Selbstbiografie eine «lange und trostlose Wanderung ins Schattenreich der Erinnerungen», aber der Roman ist als Zeugnis seiner Kindheit nicht zuverlässig oder irreführend. Strindbergs Familie gehörte dem wohlsituierten Bürgertum an, besaß Haus mit Garten, Pferd und Kutsche. Auch das Thema der Einsamkeit, das im Roman betont wird, hat für das Kind August Strindberg keine Geltung.

Als Opfer beschreibt sich Strindberg aber vor allem in seinem dritten autobiografischen Roman, *Inferno*, der mit dem endgültigen Abschied von seiner zweiten Frau (Frida Uhl) beginnt. Der Ich-Erzähler ist völlig mittellos, ein Bettler. Auf den Tod krank, zeigt ihm eine barmherzige Nonne den Weg der Erlösung. Hier entsteht, gesteuert von ihm selbst, der große Mythos von Strindbergs Krise als Fünfzigjährigem und von seiner Bekehrung zu christlichen Idealen. In Tat und Wahrheit ist er kaum zwei Tage krank, und seine finanzielle Situation ist vergleichsweise viel besser als in früheren Zeiten. Er beschäftigt sich mit chemischen Versuchen im Labor, erhält gar einen Platz in einem Universitätsinstitut zugewiesen, hat Beziehungen zu führenden Künstlern, interessiert sich für Hinduismus und Theosophie, kurz, er ist wie schon so manches Mal in eine neue Lebensphase getreten. Unzählige Briefe dieser Zeit scheinen Strindbergs Krisenzustand am Abgrund zu stützen, aber auch Strindbergs Briefe sind als Lebenszeugnis mit Vorsicht zu behandeln; auch in ihnen vermischen sich Wirklichkeit und Dichtung. Das Porträt des am Schreibtisch verzweifelnden Dichters ist arrangiert. Nach Zeugnissen von Strindbergs Tochter Karin Smirnoff verhielt es sich eher so, dass der im Alltag oft reizbare und unberechenbare Dichter, erhob er sich nach seiner Arbeit vom Schreibtisch, das innere Gleichgewicht wiedergefunden hatte. Nach Strindbergs Tod beschreibt eine Bekannte den Eindruck, den der Dichter bei ihrer ersten Begegnung auf sie gemacht hatte: Sie wurde plötzlich von einem unmäßigen und, wie es ihr schien, ganz unmotivierten Mitleid ergriffen. Und sie hatte das spontane Gefühl, «dass er zu jenen gehörte, die gleichsam prädestiniert sind zu einem Leiden, das über das gewöhnliche Maß hinausgeht». Dieses Geheimnis um seine Persönlichkeit muss auch mit im Spiele gewesen sein bei der besonderen Anziehungskraft, die er gerade auf «moderne», selbstbewusste Frauen ausübte, welche im Grunde nicht seinem Frauenideal entsprachen und die als Partnerinnen sein labiles Persönlichkeitsgefühl infrage stellten.

Strindberg ist nicht auf eine Stilart, auf einen einzigen Erzählton reduzierbar, sein ganzes Leben lang ist er suchend unterwegs, lässt sich kurzfristig von Persönlichkeiten und Strömungen der Zeit beeinflussen, bevor er sich wieder Neuem zuwendet.

Alle drei hier versammelten Novellen sind indes der Erzählsammlung *Heiraten* (erschienen in zwei Bänden 1884 und 1886) entnommen. Geschrieben wurden sie 1884 während Strindbergs erster Ehe mit Siri von Essen. Der erste Band wurde gleich nach seiner Veröffentlichung in Schweden verboten wegen einer Passage, die man als Gotteslästerung empfand. Der Prozess, zu dem Strindberg nach langem Zögern doch persönlich aus dem Ausland erschien, und schließlich sein Freispruch sorgten für weitreichende Publizität; eine Strindberg-Medaille, die von seinen Anhängern geprägt wurde, zeigt unter dem Lorbeerkranz den Satz: «Die Wahrheit ist immer rücksichtslos.» Ohne Rücksichten nimmt Strindberg den Kampf gegen das auf, was nach seiner Meinung der «Natur» widerspricht: die Emanzipation der Frau. Er ficht ebenso radikal gegen die moderne Zeit, wie er sich zuvor modern und aufgeschlossen gegeben hatte. Ob seine Thesen einer echten inneren Haltung entspringen, ist zu bezweifeln, sagt er doch später im Hinblick auf seine Medaille, es sei eine Zeit gewesen, wo er auf die Moral gespien habe, um nur dieses große Talent zu werden, das alle bewunderten.

Die Erzählung *Ein Puppenheim*, die schon im Titel die Auseinandersetzung mit Ibsen anzeigt, mag in erster Linie als Anti-Erzählung geschrieben worden sein; sie sollte wohl den großen nordischen Mitkonkurrenten treffen, dessen Bühnenwerke bekannter waren und mehr gespielt wurden als seine eigenen und der ihm, was den Erfolg betraf, immer um eine Nasenlänge voraus war. Zudem wird Strindbergs Position in der Frauenfrage auch mit seiner Situation im eigenen Heim in Zusammenhang gebracht werden müssen: Er hatte seiner Frau, die zuvor mit einem Mitglied des schwedischen Hochadels verheiratet gewesen war, Befreiung aus ihrem großbürgerlichen Alltag und freie Entfaltung im Beruf als Schauspielerin versprochen. Stattdessen war sie gezwungen, sein unstetes und finanziell ungesichertes Leben zu teilen und in unzähligen Pensionen Europas ihre Kinder zu erziehen. Strindbergs Wettern gegen die Emanzipation klingt wie ein Versuch, seine nicht erfüllten Versprechungen im Nachhinein zu rechtfertigen. Darin verwoben ist eine der vielen im ganzen Werk Strindbergs oft wiederkehrenden intensiven Naturbeschreibungen. Die Schönheiten der Schäreninseln und ihre eigenartige Vegetation sind eine Kindheitserinnerung Strindbergs, sind Landschaft seiner Träume und seiner Sehnsucht während der langen Jahre im Exil, über die ihn auch grandiosere Erscheinungen wie die Alpen und Seen Mitteleuropas nicht hinwegtrösten konnten.

Die für unseren Band ausgewählten Novellen der Sammlungen *Heiraten* enden alle mit einem – wohl schwer getragenen – Rückzug in die Familienidylle und Bescheidung. Strindberg selbst verhielt sich anders: Nach dem langwierigen und lärmigen Kampf um die Auflösung seiner Ehe mit Siri von Essen finden wir ihn, den neugeborenen Junggesellen, als Maler und Gesellschaftslöwen in Berlin, kurz darauf aber schon an der Seite seiner zweiten Frau, der österreichischen Journalistin Frida Uhl, in einer «Drohnenexistenz», wie er es nennt. Die längere dichterisch unproduktive Zeit leitet über zu Strindbergs sogenannter naturwissenschaftlicher und theosophischer Phase und bereitet den Mythos von seiner Bekehrung vor.

Aber die Erzählungen, ebenso wenig wie seine Romane und Bühnenwerke, entsprechen den Ideen, die Strindbergs Zeitgenossen von einem Dichter geschildert sehen wollen; sie sind keine Anweisung und Hilfe in der schwierigen Kunst zu leben (Georg Brandes). Strindbergs Leben erscheint uns als ein Scherbenhaufen, aber je ungeordneter und chaotischer es verläuft, umso intensiver gestaltet sich die gedichtete Welt. Dichtung und Wirklichkeit vermischen sich, und ein Leben in den Normen der Alltäglichkeit, in der Idylle, wird aufgegeben, sobald es dem Werk in die Quere kommt. «Denke so über mein Leben», schreibt Strindberg in sein *Okkultes Tagebuch*: «Wäre es möglich, dass all das Grauenhafte, das ich habe erleben müssen, für mich in Szene gesetzt wurde, damit ich habe Dramatiker werden können und fähig war, alle seelischen Zustände und Situationen zu schildern? (…) Wäre mein Leben ruhig und still verflossen, so hätte ich nichts zu schildern gehabt.»

*Helen Oplatka-Steinlin*

# Inhalt

**Ein Schlüsselroman zum Verständnis Deutschlands im 20. Jahrhundert**

Diederich Heßling ist vor allem eins: extrem anpassungsfähig. Als geborener Opportunist arrangiert er sich perfekt mit den politischen Strömungen seiner Zeit, sofern er sich von ihnen nur Erfolg verspricht. Autoritätshörig buckelt er nach oben, herrisch tritt er nach unten. Vor allem Kaiser Wilhelm II., dessen charakteristische Barttracht er imitiert, ist Heßling treu ergeben.
In seiner bitteren Romansatire skizziert Heinrich Mann eine typisch deutsche Figur seiner Zeit und entlarvt den fatalen Untertanengeist der wilhelminischen Epoche. Die Bedeutung des Werks als eine der größten deutschen Selbstanklagen bleibt ungebrochen.

PENGUIN VERLAG